出来損ないの次男は冷酷公爵様に溺愛される

登場人物紹介
CHARACTER
ジル・シャルマン
シャルマン子爵家の次男。相続権を持たず、ある理由から家族に出来損ない扱いをされている。
ライア・ダルトン
両親が他界し、若くして公爵家当主となる。冷酷かつ辛辣な性格と恐れられているが本当は……!?

SCHOOL
ウェス・シャルマン
ジルの兄。
頭がよく、品行方正。
フェル・メネシア
侯爵令嬢でアルの元婚約者。
ジルとライアを手助けする。
リリー・シャルマン
ジルの妹で
かなりの天然。
アルと婚約する。
アル・サルタニア
サルタニア
王国第一王子。
ライアとは幼馴染。
セバス
ダルトン公爵家で
働く執事。
穏やかで優しい性格。

プロローグ　妹の婚約解消と代償

サルタニア王国シャルマン子爵家の次男として生を受けてから二十年。

どうも俺には生まれたときから前世の記憶があるらしく、前の世界である日本では、誰かを助けようとして、車に轢かれて亡くなったようだ。

目を覚ましたらシャルマン子爵の次男として生まれ、今まで適当に生きていたんだけど……

今日は珍しく、朝から父が俺を書斎に呼んだ。

実の家族ではあるのだけど、今まで父の自室に呼ばれたことは片手で数えるぐらいしかない。

まぁ、前世でも家族との繋がりは希薄だったし、異世界もこんなものだろうと家族の団欒は早々に諦めていた。

「父上、どのようなご用件でしょうか」

久しぶりの実子に目もくれず、背を向けて窓の外を見る父。

書斎はだいぶ前に見たときと変わらず、見栄のために買ったと思われる絵画や調度品が肩身狭そうに置かれていた。

「単刀直入に言うと、リリーがライア公爵様との婚約解消をした」

「え？」

あいかわらずなんだこのごちゃごちゃした部屋は、と思っていたら耳を疑うような言葉が。

「だから代わりにお前がライア様のところに行け」

「はぁ？　えっ？」

俺の妹リリーは、プリンシア学園という王室や有力貴族の子供が通う学園で寮生活を送っている。

そこで、ライア・ダルトン公爵様と出会い、約一年前に婚約を結んだばかりだ。

なのに婚約解消って……いくらなんでも早すぎない？

「リリーが学園のパーティーで、第一王子のアル・サルタニア様に婚約を申し込まれたのだ。さすが私の娘。公爵家より上の王室から婚約を申し込まれるなんて！」

くるっと俺のほうを振り返って喜ぶ父には申し訳ないが、第一王子にはいい噂を聞かない。裏で闇取引をしているとか、女遊びがひどいとか。

今の情勢は第二王子のルイ・サルタニア様に流れているし、ダルトン公爵家は代々続く由緒ある家柄だ。

俺だったら先行き不安な王子様より、安心安定の公爵様を取るけどなぁ……

でも下手なことを言って、また食事抜き一週間とか言われたらたまったものじゃないので、余計な口は挟まないでおく。

「それで、一方的な婚約解消にライア様がお怒りでな。膨大な違約金を請求してきたんだが……」

父の渋い顔に、心の中で『あーね』と相槌を打つ。なんせ俺の家には金がない。

長男ウェスの大学費用と、リリーの学園費用。家の資産も気にせず豪遊する父。その上、兄と妹を社交界で目立たせるため、教育費や衣服などに膨大な額を投資してきた。

もちろん、俺にはそんな待遇はない。次男の俺は兄のスペアだし、目をかけられるどころか出来損ないと邪魔者扱いされてきた。兄も妹も寮で生活しているから、邪魔者扱いしてくるのは主に父だけど。

だから今は、使用人とほぼ変わらない（なんなら使用人以下）の生活を送っている。学園生活も社交界も、俺には夢のまた夢だ。

「で、ライア様にそんな大金は払えないと断ると『なら算学ができる有能な者を差し出せ』と言ってきた。そこでお前、算学できたよな？」

「え、まぁ、簡単なものでしたら」

「よかったな。役立たずのお前がやっと家族に貢献できるときがきた」

「えっ」

「お前が公爵家に行けば金は必要ない。リリーは王子と結婚でき、わがシャルマン家は安泰だ！」

「えっ、は？　で、でも算学できる者なら使用人のブランが最適では？」

「やつがいなくなったらこの家の財務管理は誰がする？　お前がいなくなっても誰も困らない。なんなら食いぶちが減って嬉しい限りだな！」

「………………」

呆れて二の句が継げない。使用人代わりに、家族を差し出す貴族なんて聞いたことないけど、今までの扱いからして納得だ。

でも、誰も困らないわけではないだろう。

少なくとも今まで俺に仕事を押しつけて、遊び呆けているブランは困るんじゃないかな……

「わかったなら、ぼーっとしないで準備しろ。それとも罰を受けたいのか？」

「あ、いえ、すみません」

俺は鞭打ちを避けるためにも、そそくさと部屋を出て、自室に戻る。

幸いにも私物は少ない。

小さなボストンバッグにすべての荷物を入れると、俺は二十年過ごした生家をあとにした。

もちろん、父は見送りなどしなかった。

第一章　次男、公爵家に売られる

公爵家に向かう馬車の車窓からは夏の青空が見える。久しぶりの外の日差しに目を痛めること数時間、やっと公爵邸が現れた。

さすが貴族界トップクラスなだけあって、面積も華やかさも桁違いだ。

「今日からここで生活するのか……それは悪くないかも」

使用人も連れず一人で行かされたから、俺の独り言を聞く者は誰もいない。

「まぁ、捨てられないように頑張るだけか」

ライア様の評判はさまざまだ。若く有能な上に見目麗しいという噂もあれば、ひどく辛辣な性格で能力のない者はすぐにクビ、という悪い評判もある。

できれば捨てられるのは避けたい。実家にも帰る場所はないし。

でもこれといって優秀な能力があるわけじゃないから、捨てられる可能性は高そう。

俺が暗澹《あんたん》たる未来に心を沈ませていると、馬車はすでに公爵邸の玄関前に到着していた。

玄関前に立つメイドさんは、クラシックなロングスカートにまとめ髪をした上品な女性だ。彼女は軽くお辞儀したあと、俺をライア様の執務室まで連れていく。

「ライア様、シャルマン家の方がいらっしゃいました」

「入れ」

緊張しながら中に入ると、初めて見たライア様は紙に埋もれていた。

というのも、大きな窓を背にしたデスクには紙が山のように積んであり、それが邪魔で顔が見えない。デスクの前には来客用のテーブルとソファがふたつあるが、そこも書類で埋め尽くされている。

「初めまして、ジル・シャルマンと申します」

顔が見えないままとりあえずお辞儀すると、紙束の向こうで身動きする気配がした。

「挨拶はいい、まずそこの書類を…………待て、今ジル・シャルマンと言ったか？」

「は、はい」

バサバサと紙の山が崩れる。

と同時に、壮麗な青年が現れた。

鋭い瞳にきらりと輝く真っ赤な虹彩。艶やかな黒髪と白い肌のコントラストは、息を呑むほどに美しい。

初めて目が合ったライア様は、確かに噂に違わぬ、いや、噂以上の美男子だった。

「は、はぁ!? な、なんでお前がここにいる!?」

「あ、えっと、算学のできる者をとのことでしたので」

「おい、お前のところのブランはどうした。あいつなら算学もできるだろ」

すごい。まさか使用人の名前を覚えているなんて。頭がいいというのは本当らしい。

「あー、その父が、使用人のブランはいないと困るが、お前ならいなくなっても困らないと……」

「は？　要は家族より使用人を取って、お前がここに来たと？」

「え、ええ」

そんな人間がいるなんて信じられない、という顔で俺を見るが、俺もまったくの同意見だ。

「じゃあ出来損ないの次男を押しつけたってことか……ちっ、なら金をもらえばよかった！」

本人は小声のつもりかもしれないけど、ばっちり悪口が俺の耳に届いている。

ただ出来損ないなのは事実なので、文句は言うまい。

「はぁ、だが仕方ない。お前、算学はできるんだよな？」

「は、はい」

「見ての通り、今は税収処理の時期でとても忙しい。ここに来たばかりで申し訳ないが、今すぐあそこの紙束ふたつを処理してもらう」

小盛りぐらいの紙の山をふたつ、ライア様は指さす。

「作業する部屋は少し待ってくれ。今から客室を片付けさせる。まさか令息ご本人が来るとは思っていなかったからな……使用人部屋しか用意していなかった」

えっ、と言いそうになるのを、慌てて抑える。

まさかちゃんとした部屋を与えられるのか？　婚約解消の違約金代わりに来たのに？

「先に使用人用の部屋に案内させる。お前の使用人はどこだ？」

「あ、いや、その、使用人はいません」

「は？　じゃあ身の回りの世話はどうするんだ」

「家ではひと通り自分でしていたので、そこは大丈夫かと」

「………………」

絶句による沈黙が居心地をより悪くさせる。

使用人のいない貴族は珍しいかもしれないけど、そこまで驚くことか？　この世界の次男の扱いってこんなもんでしょ？

「まぁ、いい。なにかあったら、後ろにいるメイドのナティに頼んでくれ」

「はい」

ちらっと振り返ると、ここまで案内してくれたメイドさんが立っている。

軽く会釈したけれど彼女は無表情のままだった。

「説明は以上だ。なにか作業でわからなければ聞け。部屋が整い次第、すぐに作業を始めろ。それまでは応接室で待っていればいい」

「わかりました」

俺は体を前に戻しながら、首を縦に振る。

部屋も使用人も用意してくれるなんて、ライア様は意外と優しい。

口調は厳しいけど、もしかしてすごくいい人なんじゃ……

「最後に。舐めた仕事をしてたら、容赦なくこの家から放り出すからな。子爵の子だからと甘えた態度を取るつもりなら覚えておけ！」

「は、はいっ」

前言撤回！　全然優しくないっ！

もし捨てられたら俺は路頭に迷って死ぬし、実家は支払いができなくて没落……

なんとしても、それだけは避けなければ！


それから応接室で待つこと三十分ほど。

俺はナティさんに呼ばれて、三階にある客室まで案内してもらった。

「ジル様、こちらがお部屋になります。馬車にほかのお荷物が見当たらなかったので、お部屋には入れていないのですが……」

「あ、荷物はこの鞄だけなので大丈夫です」

「えっ」

「え？」

二人で顔を見合わせる。

ナティさんは元から表情に乏しいのか真顔で固まったあと、

「……かしこまりました。書類はテーブルに置いておきます」

と言って、テーブルに紙束を置いた。

「ありがとうございます。あと、挨拶が遅くなってしまいましたが、俺はジル・シャルマンと申します。今日からよろしくお願いいたします」

捨てられるまでの短いお付き合いかもしれないけれど、一応俺をお世話してくれる人だ。念のため頭を下げて、挨拶をする。

でも、ナティさんから返事は返ってこない。

しばらく待っても静かなままなので恐る恐る顔を上げると、ナティさんは微かに目を瞬いていた。

「えっと、どうされましたか？」

「あ、いえ、使用人に頭を下げられる方に初めてお会いしたもので」

ナティさんは動揺を隠すように、表情を元のポーカーフェイスに戻しながら、

「では、私はこれで失礼いたします。なにかご用があれば、扉横の紐を引いてお呼びくださいませ」

と言って、部屋から出ていった。

変なことをしたかな、と少しだけ不安に思いつつも、改めて案内された部屋に目を向ける。

天井は高く、豪奢なシャンデリアがつるされている。椅子と書類が置かれた丸テーブルは見るからに高そうで座るだけでも緊張しそう。

正直、久しぶりの馬車移動に疲れたし、今すぐ天蓋付きのベッドに飛び込みたい。

でもそれより、テーブルに置いてある書類をどうにかせねば。

「うわ、意外と量あるな。寝ずにやれば終わるかな？」

かなりあるように見えても、俺に任された書類は執務室にあるほんの一部。公爵領は広いから仕事も膨大だ。すべての作業を七月の間に終わらせると考えると残り三週間といったところか。

「執務室にあるあの量を、残り三週間って……本気？」

途方もない作業に意識が飛びそうになる。

「と、とりあえず、任された分は終わらせないと」

鞄からペンと紙を取り出して、一枚一枚捌《さば》いていく。作業としては単純で、黙々と手を動かしているうちにあっという間に時間が流れていった。

途中、日が暮れたころにナティさんから夕食の差し入れをもらい――ご飯がついてくるんですか!?　と言ったら、また不思議そうな顔をされた――深夜にさしかかるあたりでトイレに立った。

廊下の窓からは明かりのついた執務室が見える。ライア様も寝ずに作業をしているらしい。

そういえば、初めて会ったとき目の周りに少しくまがあったような……それでも非常に美しく見えたけれど。

ライア様は妹のリリーと同じく十八歳だ。きっと今は、高等部三年の履修が終わって九月から始まる四年次までの夏休み期間だろう。

うーん、公爵位を継いでいるとはいえ、若いのに無理して大丈夫なのだろうか？　それに、ほかに手伝う人がいないのも気になる。

「まぁ、そんなことより目の前の仕事を終わらせないと、か」

急いで用を足し、部屋に戻って残りの書類を片付ける。

すべてが終わるころには、空がうっすら明るくなっていた。

早速扉横の紐を引っ張って、ナティさんを呼ぶ。

すると十分もしないうちに、ナティさんが部屋に現れた。

「失礼いたします。ジル様、いかがされたでしょうか」

「あ、すみません、早朝に。書類が片付いたので、ライア様に提出お願いできますか？」

「はい、かしこまりました」

と、ナティさんが書類を一掴み分しか持っていかないもんだから、俺は慌てて「あ、もう一山、忘れていますよ」と声をかけた。

「え？」

「え？　この山ふたつ、全部ですよ、ね？」

だんだん自分で言ってて自信がなくなってきた。もしかしてほかにもあったんだっけ？

「これ、全部終わったんですか？」

「は、はい。早朝までかかってしまいましたが」

も、もしかして、昨日の夕方までに終わらすはずの量だった、とか？

だとしたらやばい、全然間に合っていない！

「かしこまりました。ライア様にお渡ししてきます」

ナティさんは微かに目を見開いたまま、大量の書類を抱えて出ていく。

もし、もしもだ。これが昨日の夕方までに終わらせるはずの書類だとしたら……

「お、終わった！　昨日の今日で絶対に捨てられる！」

となると、こんな豪華な部屋を堪能できるのも今日が最後だ。

なら今からベッドで寝ておくか⁉　それとも窓から外に逃げるべき⁉

ばっばっとベッドと窓に視線を走らせていると、

「ジル様、ライア様がお呼びです。至急とのことで」

扉の外からナティさんの声が聞こえてきた。

え、捨てる判断するの早すぎない？　もうお役御免？

背中に冷や汗をうっすらかきながら、でも、それはそうだよな、と自分に言い聞かせる。

使えないやつは、捨てられるのが世の常識。出来損ないの自分には、居場所なんてない。

諦めて大人しく従おうと執務室へ向かったら、ライア様は俺が作業した書類に目を通していた。

「……貴様、これはどういうことだ」

「も、申し訳ございません！」

とりあえず頭を下げる。そしたら捨てられはしても、痛みのある罰は免れられるかもしれない。

「謝罪はいらないっ！　誰にこの書類を見せた、ブランか⁉　それともほかの者に手伝わせたのか⁉」

「も、申し訳……えっ？」

誰に見せた？　ほかの者に手伝わせた？

「シラを切る気か？　ただの納税書だとしてもこれは公爵領の資料だ。それを無許可で外部の者に見せてただで済むと思うなよ！」

「え、ま、待ってください！　お、俺は外部と連絡なんて！」

てっきり『作業が遅い！』と怒鳴られると思ってたのに。

怒られる理由が予想外すぎて、顔を上げる。

「嘘をつくな！　三日はかかる処理が昨日今日で終わるわけないだろっ！　誰かに手伝わせたことは明白だ！」

バンッ！　とライア様がデスクを叩きつける。

「誰に見せたか今すぐに言え！　じゃないとあとで後悔するぞ！」

「そ、そんな！　お、俺は、ずっと朝まで一人で作業を……！」

「何度も言わせるなっ！　出来損ないの次男にできるはずがない！」

ライア様はそう言って、勢いよく俺の胸ぐらを掴む。

ぎゅっと首が締まり、息ができなくなった。

「ラ、ライアさ、まっ！」

ど、ど、どうしよう！　全然話を聞いてくれない！

これじゃ無傷で捨てられるどころか、生きていられるかも怪しい。

どうしたらライア様は信じてくれる？　それとも犯してない罪を認めたほうがいい？

酸欠で視界が狭まり、思考が乱れる。

とりあえず、す、すみません！　と謝ろうとしたとき、

「ライア様、失礼ながら私の発言を許していただけないでしょうか？」

凛と静かなナティさんの声が、執務室に響いた。

「ナティ、今は取り込み中だ」

ぎりぎりまで目を動かすと、てっきり部屋から出ていったと思っていたナティさんが扉の前でライア様を見つめている。

「ライア様、ジル様は外部と接触していません。ジル様のいたお部屋は三階ですし、夜間は外に通じる扉も閉まります」

「それだけじゃ証拠にならん！」

「夜、何度かトイレに立つジル様を見た、という使用人もいます。彼らを呼んできましょうか？」

「………………」

「ライア様もお気づきなのではないですか。ジル様に不正は不可能だと」

「ちっ」

ライア様は舌打ちをしながらも、俺を締め上げていた手を離す。

急に支えがなくなった体は床に倒れ、通りがよくなった喉からは咳が出た。

「じゃあ、どうやってこの量を終わらせたのか。ナティ、お前はどう説明するつもりだ？」

「それはジル様にお聞きするのがよろしいかと」

ナティさんは数秒俺に目線を落とすと、あとは知りませんとでもいうように、一礼して部屋を出た。

「お前、本当に一人でやったのか」

「けほっ、は、はぃっ……」

さっきからそう言ってるじゃん！　全然話聞いてないなこの人！

「信じられん。今ここで証明してみせろ」

「……！」

冷たい声音とともに、一枚の書類とペンが俺の目の前に落ちてくる。

俺は床に四つん這いのまま、震える手でペンを握りしめると、必死に帳簿の計算を始めた。

この世界の簡単なルールはブランから聞いていた。

父から食事抜きの罰を受けている間、パンをもらう引き換えにブランの仕事をしていたのだ。そのときの通りにやれば、きっと大丈夫。

なぜかわからないけど、ナティさんがくれた救済措置。

絶対無駄にはできない。

「っと、これが、これで……は、はい、終わりました……っひ!?」

床に向けていた視線をもち上げると、思っていたよりも近距離にライア様のお顔があって小さな悲鳴が出る。

「ラ、ライア、様」

「お前、この方法はどこで学んだ？」

「え？　あ、えっと、き、基礎知識はブランで、す」

目をまん丸くさせた貴公子に間近で見つめられて、美しさにドキドキする。

「じゃあ、ここと、ここの計算式もか？」

「あ、いや、そこは俺が自分で考えたというか」

ライア様が指したのは、俺が前世の知識を頼りにこの世界に合うよう編み出した独自の計算式のところだ。

「独学で、ということか？」

「そ、そうですね？」

なにか気になる部分でもあったのだろうか？

実家ではなにも言われなかったし、特に大きな間違いをしたわけじゃない。

お互いしゃがんだまま、無言で床の書類を見つめること数秒。

不安で心臓が爆発しそうなとき、ライア様は片手を胸に置いて頭を下げた。

「ジル殿、先ほどは疑ってすまなかった。こんなに早くできる方法があるとは知らず、ひどく失礼な態度を取ってしまった……許される行為ではない。本当に申し訳ない」

「……っ!?　ラ、ライア様っ！　お、お顔を上げてください！　俺も税収処理はブランの代わりにやっていただけで……」

急な謝罪に慌てていると、ライア様は訝しむような表情で顔を上げた。

「待て、ブランの代わりだと？　じゃあシャルマン家領地の税収管理はジル殿がやっていたのか？」

「え、あ、えっと……そ、そうなりますかね？」

家にいたときは、ブランの仕事をやる代わりに食事をもらっていた。だからずっと黙っていたけど、もう実家に帰れるわけでもない。

ブランの事実が知られようと、俺が路頭に迷うことに変わりはないのだ。

ならば正直に言っても差し障りないだろう。

「じゃあブランはなにをしていたんだ？　聞いていた話とだいぶ違うな……」

「はぁ、そうなんですか」

ライア様が先に立ち上がったので、俺も立ち上がりながら返事をする。

「どういうわけで次男が使用人の仕事をしているのか、聞きたいことはたくさんあるが……それより、今は早急に人手が必要なんだ。見ての通り、八月に王室へ提出する予定の領地報告書が終わりそうもない」

ライア様がばつが悪そうに執務室の資料を見渡す。

確かに、ライア様一人で到底終わる量ではないのは明らかだ。

「俺以外に、誰か手伝う使用人とかは？」

「それが、本来はセバスという執事がいるのだが、彼の姉が危篤との知らせがあってな。私が領地に帰らせたのだ」

「そういうことだったのですね……」

「こんな忙しい時期に人手を減らすなど、馬鹿な領主だと思っただろう？」

自嘲気味に笑うライア様に、俺は思わず「そんなことありません」と口から出していた。

「先ほどのナティさんの話も最後はちゃんと聞いてくださいましたし、ライア様のようにお若くて、下を思いやれる領主はそういませんよ」

前世でも今世でも、部下を気遣える上司はそう多くはない。

若くしてそれができるライア様は、公爵家の立派な領主になるだろう。

今はまだ、余裕がなさそうだけど。

「……そうだろうか」

「ええ……あっ！　も、申し訳ございません！　出すぎた発言をお許しください！」

あまり納得していないような、神妙な顔つきをするから慌てて謝罪を申しあげると、

「ははっ、ジル殿、許しを請うのはこちらだ。誠に申し訳ないことをした」

ライア様は少し微笑んでから、また頭を下げる。

その一瞬の笑みがあまりに柔らかくて心臓が変な動きをした。

「……ライア様、もう謝らなくて大丈夫ですよ。それに俺のことは殿などつけず、ジルとお呼びください」

冷静に考えれば、今まで終わるかも怪しい作業を一人でしてたんだ。そんなの、誰だってカリカリするだろう。ライア様は若いのに頑張ってるし、今までのことは水に流そう。

まぁ、これが大人の余裕ってやつ？　二歳しか違わないけど。

「ありがとう、じゃあジルと呼ばせてもらおう。早速仕事の話だが、申し訳ないことに今はジルと賃金や待遇について契約を交わす時間も惜しい。だが、絶対に王室報告作業が終わり次第、話し合いの場を設けると約束する」

え、賃金っ!?　てことはお金が出るの!?

衣食住の保障だけじゃなくて、お賃金まで!?

テンションがぐっと上がる。

でも期待して裏切られるのが怖いから、賃金は仕事をさせるための嘘だと思っておくことにした。

「口約束で不安だろうが、ジルにしか頼めない仕事だ。引き受けてくれるか？」

ライア様は不安げに、俺に向けて手を差し出す。

婚約解消の代償でこっちは来ているんだ。それを盾にすれば俺は逆らえないのに。

この人はちゃんと、俺の意思を聞いてくれる。

そんな優しい公爵様に答える返事は、ひとつしかない。

「はい、ライア様。俺でよければ、改めてよろしくお願いいたします」

「ありがとうジル。こちらこそ、よろしく頼む」

昨日はなかった握手を交わし、正式に今日から公爵家の仕事をすることになった。


そうこうしている間に、公爵家に来てから早三日。

ナティさん経由でライア様から仕事を受け取り、自室で作業する日々が続いている。まだまだ執務室には書類があるそうだけど、わずかに減ってきているらしい。

怒涛の仕事続きでも俺という人員が増えたことにより、ライア様は寝る時間が少しは確保できたようだ。この前深夜に廊下を通ったときには、執務室の明かりが消えていて安心した。

別で気になるのは、ナティさんのこと。

ナティさんは普段からポーカーフェイスでなにを考えているのかわからない。でも俺を助けてくれたんだから、いい人ではあると思う。

けれど今、そのナティさんに俺のいる部屋からライア様のいる執務室まで、大量の書類を運ばせてしまっている。

一回俺が持っていこうとしたら、

「大丈夫です。私のことはご心配なさらずに、ジル様はお仕事に集中くださいませ」

と言って、顔が見えなくなるほど大量の書類を抱えて出ていってしまった。

でもこの調子じゃあ、いつか転んで怪我をすると思うんだよなぁ。

なにかいい方法でもあれば……

「あ、そっか」

昼下がりの午後。作業に慣れてほかのことも考える余裕が出てきたとき、ちょうどいい案を思いついた。ああすればナティさんに運ばせなくていいし、作業も捗る。

ただ問題は、ライア様が許可してくれるかどうか。

仕事を認められてからわだかまりは減ったものの、正直まだ怖い。

でも前回、ナティさんは俺を助けてくれた。

なら今度は、俺が助ける番じゃないのか？

「そうだぞ、ジル。お前は恩を仇で返す気か？　勇気を出せ、出すんだ俺！」

俺は覚悟を決めると、数枚書類を持ってライア様の執務室へ向かう。一度通った道だから、間違うことなく扉の前まで辿り着けた。

「ライア様、ジルです。報告があって来ました」

「わかった。入れ」

一呼吸して心臓を落ち着けてから扉を開ける。

執務室は初日より書類が減っており、デスク上も紙束で埋もれていない。

ライア様もいくらか健康的な顔で作業していて、ほっとため息がもれた。

「今お時間よろしいでしょうか？」

「ああ、大丈夫だ。なにかあったのか？」

「この書類で、わからないところがありまして」

俺は話しかけるために用意した、口実用の書類を渡す。

「ああ、それは」

丁寧でわかりやすい説明を聞きながら、だんだんと緊張で手汗がにじむ。本題を言うなら、この説明が終わったあとだ。

が、やっぱり緊張して口がうまく開かない。

口をもごもごさせているうちに解説が終わってしまい、それでも部屋から出ない俺にライア様は首を傾げる。

「どうした？　ほかになにかあるのか？」

これでなにも言わずにいたら機嫌が悪くなるかもしれない。

俺はぐっと腹に力を入れて覚悟を決める。

「あ、そ、その！　より作業を早く進めるための、ご、ご提案がございまして」

プレゼンをするなら具体的なメリットを先に言うのがいいと前世で聞いたのを思い出し、俺はその通りに話し始めた。

「ほう、それはいいことだ。で、どのような提案だ？」

ライア様も食いついたようで、作業の手を止めて俺をまっすぐ見つめる。

「あ、あの……俺もこの執務室で、一緒に作業してもいいでしょうか!?」

そう。俺の考えたナティさんを救う作戦は『書類移動が大変なんだから、それをなくすためにライア様と同じ部屋で作業をする』というものだ。

「今は執務室と俺の部屋の間をそのつどナティさんに大量の書類を運んでもらっています。でもその分時間も労力もかかりますし、それなら俺がここに来て一緒に作業をしたほうが楽なのではと……」

用意してきた言葉を並べ、どうか納得してもらえますようにと心の中でお願いする。

「もちろん、ライア様がよろしければという前提ですが……」

「なるほど。確かにそれはいい」

「やっぱり無理で……えっ!?」

絶対無理って言うと思ったのに！　まさかの即決採用!?

よかった！　これでナティさんに恩返しができる！

「実際資料を運ぶ手間がなくなるのはいいことだ。その分時間ができるし、作業の効率は上がるだろう。ただ、ジルはいいのか？」

「え？」

「私が目の前にいるんだぞ。仕事をずっと監視されることになる」

「あっ」

その可能性についてまったく考えていなかった。

別にサボっていないけど、少しでも居眠りとかしたらすぐにバレてしまう。

「そ、そうですね」

でもナティさんのためだ。それに一人部屋で大量の書類と向き合っていると、気が滅入ってくる。ならライア様と一緒に作業をして、頑張っているのは一人じゃないと思えるほうがいい。

「俺は問題ございません。わからないこともすぐに聞けますし、ライア様と一緒のほうが頑張れますから」

「私と一緒のほうが、頑張れる……」

え、なんかすごく深刻な顔をしているけど、大丈夫かな？

もしかして、本音は嫌だったとか⁉

「わかった。じゃあそこのソファとテーブルを使うといい。書類を隅に寄せれば使えるだろう。デスクが必要ならメイドに持ってこさせるが」

「い、いえ！　テーブル大好きです！　デスクは要りません！」

「そ、そうか？　わかった」

これでナティさんに重いデスクを運ばせたら元も子もない。

慌てて否定したもんだから変なことを言ってしまったけど、なんとかライア様は納得したようだった。


そのあとすぐ、ライア様の部屋で作業するようになった。

初日こそ一緒の部屋で働くことに緊張で肩が凝ったけれど、数日もすればさすがに慣れてくる。

ライア様は冷酷だという噂を聞いていたが、実際は愛想がないだけで理不尽なことで怒鳴ったり、叩いたりしない。

正直、実家にいたころより過ごしやすい。

それに作業する場所はデスクに向かって右側のソファだから、ライア様と向き合う形でもないし。たまに座っていると視線を感じなくもないが、特に口を出されることもないのでお互い黙々と作業をしている。

あと、前までは食事も各々の部屋だったけれど、

「ジルが問題なければここで食べればいい。もちろん、どこで食べようと自由だが」

とライア様が言ってくれたので、ランチだけは執務室で一緒に食べさせてもらっている。

そして、侯爵家に来て十日目の昼。

「失礼します。ご昼食をお持ちしました」

今日も十二時くらいに、ナティさんがワゴンに昼食を載せてやってきた。いつもならサンドイッチなのだが、今日はとある事情でメニューが変更になっていた。

——それは遡ること一昨日の朝。

「最近、ライア様がご昼食を残されるのです。なにかお仕事中、変化がないかご存じないですか?」

「えっ?　あ、言われてみれば」

珍しく深刻な表情でナティさんが相談してくるもんだから、俺もさすがに心配になった。

だって食べられないってことは、ストレスからくる拒食の可能性が高いじゃん?

まだ若いのに、そんなに追い詰められてたなんて……と、さすがに心が痛んだ。

だからその日はこっそり、ライア様の様子を盗み見させてもらったのだが……

俺はとんでもない事実に気づいてしまった。

ライア様はサンドイッチを食べないんじゃなくて、食べるのが下手なのだと!

どうも途中でサンドイッチの中身が反対から出てしまうみたいで、そのあとほっぽり出して手をつけない様子を見たとき、もしかして残す理由はこれでは?　と思ったのだ。

このことに気づいた瞬間、少し微笑ましい気持ちになった。

あ、可愛いところあるじゃん、みたいな?

だからそんな不器用公爵様のために、今日は俺が前世の食べ物を参考にして新しい昼食を作ってもらったのだ!

「ライア様、こちらに置かせていただきます」

「ああ、ありがとう……ん？　なんだこれは？」

ライア様の疑問符に、俺とナティさんに緊張が走る。

「こちらはケバブサンドと申しまして、パンに切れ目を入れ、中に羊肉とキャベツなどを入れた物でございます」

そう。俺がナティさんにお願いしたのは、あのケバブ！

パンが袋状になっているからサンドイッチより食べやすいはずだ。

にしても、俺の拙い表現力でちゃんとケバブサンドぽくなっている。さすが公爵家のシェフだ。

「サンドイッチですと、中身が出てしまうのでより食べやすい形がよろしいかと。勝手ながらこちらで、変更させていただきました」

「いや、配慮してくれてありがとう。確かにサンドイッチは食べづらくてな」

そりゃそうだ。この前盗み見したとき、めっちゃこぼしてたもん！

「じゃあ、早速いただこうか」

ライア様はそう言うと片手でケバブを掴み、端からかじる。

緊迫の瞬間。

気に入ってくれるかな、もしかしたら口に合わないかも。そんな心配が頭をよぎる。

ナティさんも同じことを思っているのか、顔が少し強張っていた。

けれどライア様は、俺らの緊張した様子に気づかずゆっくりと咀嚼すると、

「んっ！　これは食べやすくていい！　味もうまいな」

と言って、ぱくぱく食べ始めた。

「よ、よかったぁ〜！」

俺は小声で喜び、ナティさんとアイコンタクトをとる。

お互いうまくいったと目線だけで確信した。

「じゃ、じゃあ、俺もいただきます……んっ、お、美味しい！　辛子マヨネーズも合うんですね！」

具材は羊肉にキャベツと玉ねぎ。ソースはマヨネーズがたっぷり入っていて、こってりとした味わいになっている。前世のケバブより味付けはサンドイッチ寄りだが、それもまた美味しい。

「お気に召されたようでよかったです。それでは失礼いたします」

「ちょっと待て、これは料理長が考えたのか？」

計画が上手くいき、部屋を出ようとするナティさんにライア様が声をかける。

ナティさんは一瞬、考えを巡らすように間をあけ、

「これはジル様が考えてくださいました。ライア様は不器用で、サンドイッチを食べるのが下手だからと」

と忖度ない返事をした。

「ゴホッ！　え！　ちょっ、ナティさん⁉」

た、確かに考えたのは俺だけど！

でもそんなはっきり下手とか言ったら、ライア様怒っちゃうんじゃ……

「ははっ、ジルにはバレていたか……それは少し、恥ずかしいな」

俺は失礼ながらも、口元を押さえて照れ隠しをするライア様をじっと見てしまう。

ライア様はよくも悪くも、完璧な人だ。書類の置き方ひとつ、計算処理の方法ひとつ。狂いがない分、隙がなくて窮屈だった。自分の仕事にもそういった完璧さを求められている気がして、少し息が詰まるなと思ったこともある。

でも、ライア様にも苦手な部分があって、それを恥ずかしいと思う人間味も持ち合わせていて。

うん。

簡単に言うと、心臓がきゅっと締めつけられた。

「あ、ジル、端からキャベツが出てるぞ」

「え？　あっ！」

ペチャと床にキャベツの切れ端が落ちる。

慌てて拾おうとしたら「あとで私が片付けますので」とナティさんに止められた。

「す、すみません。貴重な野菜が……」

「キャベツで貴重とは。シャルマン家では普段、なにが出ていたんだ？」

「え？　あー、えっと、基本食事ってものがなくて……あ、運がよければパンがもらえました」

――ボトッ。

今度はキャベツどころじゃなく、ライア様がケバブごとデスクに落とした。

「あっ！　ライア様、ケバブが……って、えっ？　ふ、二人ともどうしたんですか？」

ケバブに目がいっていたのは俺だけのようで、ライア様もナティさんも俺を見て固まっている。

「……なるほど、どうりで細いわけだ。ナティ、明日からジルの食事を増やしてくれ」

「かしこまりました。ほかにも間食をご用意しましょう」

「え、いや、大丈夫です！　今のままで十分……」

「ジル、今日から朝夕の食事は食堂だ。もちろん、私と一緒に」

「え、部屋で問題ない……」

「いえ、そういうわけにはいきません。部屋の小さなテーブルだと料理が載りきりませんから」

「ま、待ってください？　どれだけ出すつもりなんですか！」

なぜか二人は俺の意見を無視して、今後の食事内容について話し合っている。

そして本当に次の日から昼食は二人前が出されるようになり、朝と夜もライア様と一緒にご飯を食べるようになった。

「ライア様、もしかして……ナイフとフォークで肉を切るの苦手ですか？」

「くそっ、バレたか……」

「ははっ、本当に不器用なんですね」

俺の笑いにつられて、ライア様も微笑む。

今思えば、このときからかもしれない。

最初にあった透明な壁がいつの間にかなくなり、ライア様と過ごすのが楽しくなり始めたのは。


「今日は天気がいいな」

「そうですね。外に出たくなるほど、いい天気ですね」

侯爵家に来てから十四日目。ライア様のデスクの後ろ、天井まで届きそうな大きな窓は夏の清々しい青空を映し出している。

俺とライア様は順調に作業を進め、王室への領地報告までの期限が残り一週間に迫るなか、なんとか終わりそうな目処が立ってきた。

おかげで緊張感があった空気も、今ではこうして会話ができるぐらいの余裕がある。あいかわらず、寝る時間はそんなにないし、お互い疲労が見えているのは仕方ないのだけれど。

それと、一緒にご飯を食べるようになってからだろうか？　ライア様からたびたび話しかけられるようになったのだ。

ある日の夕食では、

「今日の夕食は魚らしい。ジルは魚は好きか？」

朝食をいただくときに、

「ジル、その量で足りるのか？　遠慮しなくていい。もっと食べろ」

作業を続ける執務室で、

「こう机に向かっていると疲れるな。ジルは疲れないか？」

いろいろ話を振ってくれるし、たまに冗談なんかも言い合う。

誰かと気軽におしゃべりなんて実家ではなかったから、こんなにも会話って楽しいんだなぁと身に染みた。

「なぁ、今日は外で昼食を食べないか？　ジルのおかげで作業には余裕がある。一日ぐらい外で食べても大丈夫だろう」

「え！　いいですね！」

少し暑いかもしれないが、木陰で食べれば風が気持ちいいだろう。

ずっと部屋にいたから久しぶりに外の空気を胸いっぱい吸いたい。

となったら、早く今日の分の書類を終わらせねば！

なんてこのときまでは思っていたのだ。

これが、嵐の前の静けさだとは知らずに――


「はぁ!?　なんだって!?　それは本当か!?」

「は、はい。先ほど王室から速達の知らせが届きまして」

午前十一時、顔を真っ青にした使用人が王室からの手紙を持って執務室に来た。

なにかと思えば、王室報告一週間前にして税率計算の方法が変更になったのだ。

「くそっ！　一週間で用意できるわけがないのに、王室はなにを考えているんだっ！」

せっかくの綺麗な黒髪をかきむしりながら、ライア様は、荒々しくデスクを叩く。

「あ、あの、その手紙を見せていただけませんか？」

「あ、はいっ！」

俺も信じられなくて、手紙に目を通す。

そこには他領や他国との交易でかかる関税の利率が変更になった旨が記してあった。何度読んでも変わらない。字が記号になるほど、目を凝らしても。

「領地の大半が農耕地とはいえ、交易がまったくないわけでもない。今から再度やり直すとなったら」

「残りは、あと……一週間」

無理だ。絶対に終わるわけがない。

いや、でも交易地点は多くないみたいだから、寝ずにやればもしかしたら？

けれど、今でも睡眠時間はギリギリなのだ。もう終わるって見込みがあったから頑張れただけで、それが一気に遠のいては、あまりのショックに思考ができない。

ライア様も椅子を回して、虚ろな目で窓を見上げる。

俺も呆然と、空の青色を目に焼きつけた。

「………………」

誰もなにも言わない。外の小鳥がさえずる音だけが、場違いにも部屋に響いた。

「……今日は、いい天気だな」

理性をギリギリ繋ぎ止めていたなにかが切れたように、ライア様がまったく関係のない話をする。

「……そうですね。体を動かしたら、気持ちよさそう」

お互い、目の前の課題に取り組まなければならないのは、わかっている。

でも、キャパを超えた頭と精神は、どうにもこうにも厳しい現実が受け入れられない。

「そういえば、庭にテニスコートがある」

俺はわずかに目を見開く。まさかライア様が俺の提案に乗ってくるなんて。

「……テニスなら、二人でできますね」

だから俺は悪魔の囁きを止められない。

「そうだな。二人で、できるな」

「俺たち、今日まで頑張ってきましたよね？」

「ああ。十分すぎるくらい努力した」

「それなら一日ぐらい……テニスしたってよくないですか？」

全然よくない。

期限は変わらないし、ラケットより目の前の書類を手に取らなければならない。

さっきまで青ざめていた使用人も、俺とライア様の異様な空気感にオロオロし始める。

「そうだよな、今日ぐらいテニスしたっていいよな⁉」

ライア様が勢いよく立ち上がり、がしっと俺の両肩を掴む。

俺もそれに答えるようにライア様の肩に手を置き、

「そうですよ！　だって、今日テニスしようが期限は変わらないんですよ⁉」

そうだよなっ！　そうですそうですっ！　となにかに取り憑かれたかのように二人で繰り返し、大声で笑う。

「あははっ！　そうと決まれば今すぐ行こう！　ジル、足の大きさはいくつだ？　靴を貸してやる！」

「わぁ！　ありがとうございます！　早く行きましょう！　俺、テニスあんまりやったことないですけど！」

肩を組んで、普段絶対しないスキップなんかしちゃって。

二人してルンルンで外に出たもんだから、使用人はさぞ怖かっただろう。

ライア様も俺も、本当は気づいている。

期限は変わらないけど、今からやれば間に合う可能性が高くなるって。

でも、もう俺たちにはこれ以上頑張る精神力も、現実に向き合う理性もなかった。

なら楽しく、テニスをしてやろうじゃないか！


テニスコートは公爵邸の端にあり、林で覆われていたので今まで気づかなかったのも無理はない。

雑草は生えていたし、ネットも少しボロかったから久しく使われていないみたいだったけど、審判台もベンチもある立派なものだった。

「ラ、ライア様、強いですねっ！」

「セバスに鍛えられたからなっ！」

俺はラケットやウェア、靴など一式借りて、ライア様とテニスに興じている。

ずっとデスクワークだったのもあって、気持ちいい風に吹かれながら運動すると本当に楽しい。

さっきまでショックを受けていた頭と精神も、だいぶ正常に戻ってきたようだ。

「なぁっ！　ひとつ聞いていいか⁉」

フォアハンドで返ってきたボールが、ネットを越えてやってくる。

「なんですか⁉」

そのボールを返しながら、ライア様の声に応えた。

「私のことを恨むか？　無理やり連れてこられたようなものだろっ！」

ラケットの角度が甘くて、チャンスボールになった送球を、俺は逃さない。

「え？　そんな、感謝はすれど、恨むなんてありませんよっ！」

ベースラインギリギリを狙い、ライア様が追いつけず俺の得点になった。

噴き出る額の汗を服で拭う。俺って意外とテニス上手いかも。

「それに、無理やりじゃなくて、実家に追い出されたんです。ライア様はただ算学ができる者と言っただけじゃないですか。恨むとすれば実家ですけど、今は感謝してますよ……実家よりここのほうが何百倍もいい。いられるなら、ずっといたいくらいです」

これは本心だった。

この婚約解消の契約がいつまで続くのか俺は知らないけれど、できれば実家には帰りたくない。

「そうか……なら、よかった」

ライア様はどこか安心したような様子で、俺にボールを投げた。

「じゃあ！　俺からもひとついいですかっ⁉」

ライア様が構えたので、サーブを打つ。

「なんだ？　気になることでも、あるのかっ！」

いいところに入ったと思ったが、難なく返されてしまった。

「なんで俺にご飯とか、部屋とか与えてくれるんですか？　婚約解消の違約金代わりで来たのにっ！」

俺も負けじと食らいつく。

最近ずっと気になっていた。

どうしてライア様は俺なんかに、こんな好待遇をしてくれるんだろうと。

もしかしたらなにか裏があるのかと思って、今まで怖くて聞けなかった。

でも一緒にスポーツをしていると勝手に仲良くなった気がして、普段聞き辛いことも聞けてしまうのは俺だけだろうか？

「それは人として当たり前だろ！　ジルは今までどんな生活をしてきたんだっ！」

鋭いスマッシュがきて間に合わず、今度はライア様の得点になる。

「おっとっ！　いやぁ、そうですね……」

「今思えばリリーと婚約する際に、シャルマン家に挨拶に行ったときからなにか変だった。長男と娘は紹介されて、次男は？　と聞くと『公爵様に見せるようなものじゃ』と言われ、首を傾げたものだ。当時は気づかなかったが、実家では相当な扱いを受けていたようだな」

一瞬、ボールを拾う手が止まる。

「あ、ははは ぁ……そ、それはいいんですよ！　次行きましょう！　次！」

俺は笑ってごまかしたが、ライア様は非常に不服そうだ。それでも俺の投げたボールを受け取ると、ラケットを構えてゲームの続きを再開する。

こうして現実に目を背けてテニスをしていたら、楽しい時間はすぐに流れていった。

いつのまにか日が傾きかけていて、空は橙色に染まる。

さすがに疲れてライア様と二人、テニスコート脇のベンチに並んで座った。

「いやぁ、もう夕方ですね」

「そうだな。夢中になってたから、全然気づかなかった」

「あっという間でしたね」

「あぁ」

早く執務室に戻らなければならない。

でも名残惜しいのか、または、辛い現実に向き合う準備ができていないのか。

ライア様も俺も、赤く染まる雲を静かに見ていた。

「久しぶりにテニスをしたな」

「忙しいですもんね。そういえばこのコートは、昔からあるんですか？」

少しでも今この時間が長く続くように、ふと気になっていたことを聞いて会話を繋げる。

「いや、父が私のために作ってくれた。両親が亡くなる前は、セバスも入れて四人でよくテニスをしたな」

「そうなんですね」

今まで家族の話題には触れないようにしていたから、ライア様から話されるのは意外だ。

この若さで公爵位を継いでいるということは、お父様が亡くなられているとは思っていたけれど、ご両親二人とももとは知らなかった。

「そんな悲しい顔をするな。私の両親が亡くなっているのは知っていただろ？　貴族界では有名な話だ」

「すみません、俺実家を出たことなくて。外の世界について詳しくないんです」

「……そうか、別に隠すようなことでもない。八年前、火事に見舞われたのだ。幸い私は助かったが、両親は帰ってこなかった」

「そう、だったんですね」

八年前、つまりライア様が十歳のときだ。

今はさらっと話しているが、そうなるまでさぞ辛かっただろう。

今までのライア様の苦労を思うと胸が苦しくなる。

「いいんだ、私の話は。もう過ぎたことだ。それより、ジルの話が聞きたい」

「え？」

「ずっと気になってたんだ。いくらジルが出来損ないの次男だと思われていても、普通実家からそこまで冷遇されるか？」

「………」

思わず俯く。足から伸びる影が、ベンチの下に吸い込まれていた。

「話したくないなら、話さなくていい。ただ、シャルマン子爵からの虐待に怯えているなら、それは心配するな」

「え？」

「元々誰が来ても、王室への報告業務が終わったらシャルマン家に帰そうと思っていた。でもジルがここで働きたいなら公爵家がジルを守ろう。実家に帰ることはない。ジルのいる場所はある」

「ラ、ライア様……」

「それに、短い間だったが公爵家のために十分働いてくれた。外に出たいなら、生活に困らない程度の金も出そう。だから、安心しろ」

「本当に……本当に、ありがとうございます」

あぁどうして、どうしてこんなにも、ライア様は優しいんだ。

予想外の言葉に視界が霞むが、気づかれないように堪える。

それに、俺が言うか悩んでいたのは、父に知られることへの恐れや今後の生活への心配からくるものではない。

——ライア様に拒絶されるのではないか、という恐怖だけだ。

でも、これほど誠実に俺に向き合ってくれた人は、今世……いや転生する前もいただろうか。

実家での扱いを知り、俺の身を案じて帰る場所があると言ってくれる人に、真実を隠して一緒に居続けることは俺にはできない。だから話すしかないのだ。

たとえ、嫌われるとわかっていても——

「俺が、実家でいい扱いをされていないのは、薄々気づいていらっしゃったと思います」

俯いていた顔を上げ、目の前の夕日を見ながらぽつぽつと言葉を紡ぐ。

「あぁ。すべては知らないが、かなりひどい」

「まぁ、俺はそこまでひどいと思っていなかったのですが……大きな原因は、ふたつあるんです」

雲がゆっくりと流れてゆく。

ライア様の顔は、怖くて見られなかった。

「ひとつは、俺が母を殺したから」

「は？」

「あ、父がそう思っているだけですよ。実際は俺を生んだときに出血多量で亡くなりました。だから妹のリリーは異母兄弟です。ただ、実際父に言われました。お前が生まれてこなければ、母は生きていたのにって」

「それはっ」

「いいんです。考えたって仕方ないことですし。それに、主な原因はそうじゃないから」

体が震える。ふたつめの原因を話すのが恐ろしい。

ライア様の美しい顔が、嫌悪に満ちる姿を想像して、吐き気がしてきた。

また俯いてしまった俺を見かねてか、ライア様が優しく俺の背中をさすってくれる。

少しぎこちない手の動きに温かさと勇気をもらい、喉をぐっと動かした。

「俺、同性が好きなんです」

ぴたっと、背中の動きが止まった。

「物心ついたときにはそうでした。好きになるのも、大人しい女の子じゃなくて、活発な男の子。自分が憧れるのも、勇ましい英雄じゃなくて、王子様と結ばれるお姫様」

今でも覚えている。

自分の性的指向が前世から変わっていないと気付いてしまった絶望を。

容姿とか、身分とか、贅沢なことは言わない。

ただ、俺が女性になっているか、男性で生まれたなら女性を好きになっているか、どちらかは叶えてほしかった。

「同性同士で好きになることが、悪いことではないと頭ではわかっているんです。でも父は察したんでしょう。俺に跡継ぎを作ることはできないって。ほかの家に婿入りさせることはできないって。だから俺は、出来損ないの次男なんです」

不幸中の幸いだったのは、この世界が転生前の日本より同性愛に寛容なこと。町に行けば、同性同士で手を繋いでいても自然と受け入れられているらしい。

けれど貴族社会は世襲制で、子孫が残せないと用なし同然だ。

しかもライア様は妹のリリーと婚約をしていたし、異性愛者なのは間違いない。

となると、どうしても前世の記憶がフラッシュバックする。

友達だと思ってた人や、愛する家族からの反応を。

俺の本当の姿を知ってしまったときに表れる、嫌悪と、哀れみと、奇異の目を。

「それはそうだろって感じですよね。男が男を好きって、それも性的にですよ？　気持ち悪いって言われても」

「仕方ないって言うのか」

今まで聞いたこともない。静かな怒気をはらんだ声に、思わず顔を向ける。

と、そこには驚いたことに——瞳にうっすらと涙の膜を作る、ライア様がいた。

「え？」

オレンジに輝く夕日に照らされたその姿を、俺の心は不相応にも美しいと感じてしまう。

「さっきも、母親の死を責められるのは、仕方のないことと言ったな……まったくまったく、そんなことはないのにっ！」

さっきまで背中を撫でてくれた優しい手で俺の両肩を掴み、体を背けることを許さない。

「同性愛を気持ち悪いと言ったのは、父親か!?」

走馬灯のように駆け巡る、前世の家族からの言葉。

気持ち悪いと言ったのは、どっちの父親だっけ？

「子供ができないことを出来損ないだと言ったのは、どこの誰だ!?」

腫れ物を扱うような同級生、陰で聞こえる辛辣な悪口。

それもこれも、周りと違う自分がいけないんだと、仕方ないんだと、諦めて蓋をしてきた暗い闇に、ライア様の声が響く。

「なんで、なんで、なにもしていないジルが、そんな風に言われなきゃいけないんだ！」

今まで気づかないように、考えないようにしてきたことを、俺のために、俺のことを思って、言葉にしてくれている。

「ラ、ライ、ア、様」

「だって、そんなの、おかしいだろ！　ジルは……ジルはなにも、悪くないじゃないか！」

前世からずっと、おかしいのは俺で、おかしい俺が悪くて……

でも……でも、本当にそうなんだろうか？

俺はどこかで願っていたんじゃないのか？

いつか、お前は間違ってないよって、言ってくれる誰かが現れることを。

それが今目の前に……

「ジ、ジル!?」

「え？　あ」

ライア様が焦ったように瞳を震わせるので、どうしたのかと思えば、いつのまにか目から涙が落ちていた。

しかも、止めようにも止まらない。

「ど、どうしよう！　と、止まらないです！」

「えっ、あっ、ど、どうすれば、あっ！」

なにかひらめいた様子のライア様は、俺の両肩に置いていた手をそのまま背中に回した。

って！　これハグじゃん！

「ラっ！　ライア様っ⁉」

「小さいころ、あまりにも泣き止まない私に、セバスがしてくれたのだ」

「そう、なん、ですか」

そのまま、ぎゅーっと包み込むように抱擁され、背中をとんとんとあやされる。

なんだか幼子に戻った気分。

「ライア様は、俺がどんなやつか知っても、気持ち悪がらないんですね」

「普通そんな感覚はない。あるのはお前の父親ぐらいだ」

「ははっ、そっか……」

「ああ。そうだ」

力強く頷かれて、ゆっくりと涙が流れていく。

前世から今まで俺を支配していた強い固定概念が、脆い角砂糖のように崩れていった。


「……もう、落ち着いたみたいです。ありがとうございます」

「そうか。ならよかった」

俺の涙が引っ込むころには、うっすら西の空に灯りが残る程度まで日が沈んでいた。

「すみません、こんな時間まで」

「いいんだ。どうせ書類は間に合わない。王室に頭でも下げて期限を伸ばしてもらおう。もちろん、全部終わるまでは手伝ってもらうからな」

と言いながら微笑む笑顔に、今までなかった胸の鼓動を感じたのは――

きっと、気のせいだろう。

「さぁ、屋敷に戻ろう。これ以上暗くなると帰りづらい」

「はい。そうですね」

ラケットやらボールやらを持って、薄暗くなり始めた道を歩こうとしたとき、向こうからナティさんが走ってくるのが見えた。

「ライア様！　セバスが明日の朝、帰ってくるみたいです！」

「なにっ！　本当か⁉」

先程届いたセバスさんからの速達便を、ナティさんは持ってきてくれたらしい。

手紙の内容は、今日の早朝お姉さんが亡くなり、最後まで看取ったので早急に屋敷に戻るとのことだった。

「じゃ、じゃあ、人手が一人増えるってことですよね⁉」

「ああ！　それならまだ間に合うかもしれないぞ！」

こほんっとわざとらしく咳払いをしたナティさんを見ると、

「お二人が遊ばれている間、こちらで再計算する書類の選別はおこなっておきました。数はそこまで多くはないようです」

「さすがナティさん！　じゃあ、今からやれば……」

「だめです。今日は寝て、明日の早朝にしましょう。お二人ともお気づきじゃないかもしれませんが、連日の無理がたたってます。これでは逆に非効率的です」

いつもは淡々としてるのにナティさんが厳しい口調で言うもんだから、俺は少し驚いてしまった。

でも、俺たちのことがすごく心配なんだなってわかる。だって、薄暗い中で見えるナティさんの表情がそう物語っているから。

「わかった。ナティの言う通りにしよう。代わりに明日は早朝から仕事だ！」

「はいっ！」

こうして、思わぬリフレッシュとなったテニスは、セバスさんの帰還の知らせとともに、ライア様と俺に希望をもたらした。

でも、泣き腫らした顔で帰ってきた俺を見て「ライア様はジル様を泣かすほど、テニスで負かしたらしい」と後日使用人たちの間で噂が広まったのは、また別のお話。


翌日、セバスさんが帰ってきたのは、ちょうど俺とライア様が久しぶりにちゃんとした睡眠をとって、執務室でさぁ始めるか、というときだった。

朝に帰ってくる予定だったのに、本当に急いだのか予定より三時間も早い。窓の外は日が昇って間もなく、空はまだ夜の余韻を残していた。

「ただいま帰りました。この忙しい時期にお休みをいただいて申し訳ございません」

セバスさんは白髪混じりの髪を綺麗にセットした初老の紳士だ。

ドアの開け閉めにしろ、お辞儀ひとつにしろ、どれも所作が上品で見習いたくなる。

「いいんだ、セバス。帰れと言ったのは私だ。本当は葬儀や通夜までいさせてあげたかったが……」

「いいのです。王室から急な変更があったとナティから聞きました。それに、姉は亡くなる直前まで私に『早く帰ってライア様の手伝いをしなさいっ！』と言っていましたから。それこそ葬儀に残っていたら、怒られてしまいます」

「そうか、アンナらしいな。最期に直接会えず、申し訳なかった」

アンナ、というのはきっとセバスさんのお姉さんだろう。ライア様もよく知った仲なのか、心の底から悲しんでいるように見える。

「姉はライア様を誇りに思っていました。だから安心して逝けたのだと思います。もし、公爵家の仕事をほっぽり出してライア様が来ていたら、ライア様の寝室に化けて出かねません」

「はは、そうだな。アンナにならできそうだ」

セバスさんのちょっとした笑い話で、悲しい空気が一気に和む。

今までもこんな風に、ライア様が辛そうなときは、セバスさんが和ませてきたんだろうか。

「そういえば紹介がまだだったな。彼はジル・シャルマン。シャルマン子爵の次男だ」

「初めましてセバスさん。ジル・シャルマンと申します」

俺はセバスさんに向けて頭を下げる。

「ご挨拶遅れました。私ダルトン公爵家筆頭執事のセバスと申します」

「詳しくは聞いたかもしれないが、下衆で屑なシャルマン子爵に売られたのが彼だ」

「ラ、ライア様!?」

俺はライア様のとんでもない発言に目を見開く。

えっ！　そんな暴言吐くほど、俺の父親嫌いでしたっけっ⁉

「だが、シャルマン子爵に感謝だな。彼はとても優秀だぞ、セバス」

セバスさんも、ライア様の口ぶりに驚きを隠せない。

「は、はぁ……私はブランが来ると思っていたのですが？」

「私もだ。しかし、シャルマン家はどうも私たちが聞いていた話と全然違うらしい。使用人じゃなく、実の子を慰謝料代わりに出してくるようなやつだ……ほかにもなにか裏があるかもしれん」

「そうですか……かしこまりました。シャルマン家については注意しておきましょう」

えっ？　な、なんだか、不穏な会話してない……？

というか俺の実家へのヘイトが前より激しい気が……とつっこむ前に、ライア様が話を変える。

「あ、そうだ。仕事に関してだがな、ジルもここで作業しているんだ。だからセバスもこの執務室で作業しろ」

「え、そうなのですか、ジル様？」

「あ、はい」

セバスさんは少し目を見開いたが、すぐに「かしこまりました」と言って俺の前のソファに座る。

どうしたんだろう？　なにか気になることでもあったのだろうか。

「よしそれじゃあ、作業に取り掛かるぞ！　ジルはこの山を頼めるか？」

「あ、はいっ！」

ライア様の指示が飛んできて、些細な疑問は消えてなくなる。

早速俺とセバスさんは、役割を決めて手を動かした。

「……ジル様はとても計算処理が早いのですね。どのような方法を取られているのですか？」

作業を始めてすぐ、セバスさんが新参者の俺から学ぼうとするので驚いた。

ほら、新人の提案する新しいやり方を自分がわからないから採用しない上司とか、会社にいるじゃん。セバスさんにはそういうのはないらしい。さすが長年ライア様が信頼を置く方だ。

「これは、こうして……」

「おお！　ジル様は教えるのが上手ですね」

「確かに、ジルのおかげで早く済むようになった」

「えっ！　ふ、二人ともやめてくださいよ！」

こうして、セバスさんとも良好な関係を築きながら、三人で書類を片付ける。

早朝から作業して、昼食も過ぎ、夜になったあたりで、ナティさんが来客の知らせを告げにきた。

「ライア様、お客様がお見えです。どうも至急とのことで」

「なんだ、こんな忙しい時期に。相手は誰だ？」

「それが……」

ナティさんはわざわざライア様の近くまで行くと、俺とセバスさんに聞こえないようになにかを耳打ちで伝えている。

「そうか、わかった。ジル、セバス。申し訳ないが一時間ほど席を外す」

ライア様はそう言うとナティさんを連れて部屋から出ていった。

その顔が少し険しく見えたのは……俺の気のせいかもしれない。

「今の時期に来客なんて珍しいですね。どこの家も忙しいはずなのに」

「ええ、そうですね。なにか急用があったんでしょう」

まあ、わからないことはわからないので、会話もそこそこにまた作業を始めようとしたとき、セバスさんが口を開いた。

「ジル様、昨日ライア様とテニスをしたというのは本当ですか？」

どきっ！　と心臓が跳ねる。

そりゃそうだ。昨日ライア様と俺が仕事をしていないことは、この屋敷の人なら全員が知っている。

「えっ！　あ、え～と！　やるにはやったんですけど、その、サボるつもりはなくて、不可抗力というか！」

「あ、誤解を招いてしまいましたね。テニスをされたことを責めたいわけではないのです。ただ、この屋敷のコートを使ってテニスをされたのかと思いまして」

「え？　あ、はい。敷地内のコートを使わせていただきましたが……」

よ、よかったとりあえず仕事を放棄した件では怒られなそう。

でもなんでコートを使ったことが気になるんだろう？

「そうですか……」

セバスさんはそれだけ言うと、なぜか黙ってしまう。

俺はどうしたらいいのかわからず、ただじっとセバスさんが口を開くのを待つしかない。

「……ジル様に聞いていただきたい話があるのです。ライア様について」

少しの時間を置いたあと、なにか覚悟を決めたようにセバスさんは語り始めた。

◇◇◇

今から八年前、王室と有力貴族の御一家を集めたパーティーで火事があったのをご存じでしょうか？　そのパーティーにはご子息やご令嬢も参加しており、一人取り残された子供を助けようとして、公爵様ご夫妻は帰らぬ人になったのです。ライア様はそれからしばらく、自室のベッドから出てきませんでした。

もちろんライア様のご両親は、御遺言をちゃんと残されていました。けれど遠い親戚筋だと名乗る性悪な大人が、正式な後継者だと名乗り、一時期この屋敷を引き渡すところまでいったのです。

私と姉は遺言にあった通り、メネシア侯爵様を後継人として押し通そうとしたのですが、明らかに偽装の血縁関係でも、偽物だと証明できなければどうしようもできません。

いよいよ引き渡しまで残り一か月となったとき、私は、

「ライア様申し訳ございません。私の力不足により、あと一か月でこのお屋敷から出なければならなくなってしまいました」

と告げました。けれどライア様から反応はなく、もう諦めていたところ……

「セバス。テニスをしよう」

と、翌朝、ベッドから出られたライア様がおっしゃったのです。

今でも鮮明に覚えています。ほとんどご飯を召し上がらず痩せてしまったライア様が、やっと朝食を口に入れたとき、どれだけ安心したか。

結局その日は一日テニスをして、日が沈むころです。

二人でコート脇のベンチに座り、夕日の空を眺めながら、ライア様は静かに話し始めました。

「父と母にもう一生会えないと思ったら、なにもかもがどうでもよくなったんだ。ずっと、ここにうずくまって、両親のいる世界に行きたいと、そう思っていた」

私はなにも言わずに、ただじっと、耳を傾けていました。

「でも昨日、屋敷を離れるって聞いて。このテニスコートを誰のものにもしたくないと思ったんだ。私だけの、大事な、大事な思い出の場所を、ほかの誰かに使われるのは嫌だって。そしたらここにいる場合じゃない、ここにいたら守りたいものは守れない。だから、私は、ただうずくまって、泣くのを、今日でやめる」

そこにはもう、ベッドの中で泣いているだけの幼いライア様はいませんでした。

「今は父と母が私のために残してくれたものを、誰にも渡したくない。ただそれだけなんだ。この屋敷も、このコートも、なにもかもだ。それでもついてきてくれるか？」

大粒の涙を流しながら、覚悟を決めた瞳でこちらを見るライア様に、私は、

「承知いたしました。ライア様のために、この身のすべてを捧げましょう」

と言って、力一杯ライア様を抱きしめました。

それからというもの、ライア様が泣いている姿を見たことはありません。

結局、家を乗っ取ろうとした悪人には、虐待をされたと訴えることで退けたようです。ほかにもたくさんの人がこの家を狙ってきましたが、ライア様はさまざまなことを学び、必死に守ってきました。

一時は精神的に過敏な時期もあり、少しでも疑いのある者をクビにしてしまうこともありました。その際に冷酷非道な暴君とまで噂されてしまい、今では誰もライア様には近づきません。だから公爵家はいつも人手不足なのです。

幸いにも、学園に入り落ち着かれたようですが、まだ周りには冷たい態度を取られているようです。それに、八年前のあの日から、テニスコートに近づくことはありませんでした。

だから、本当に驚いたのです。昨日テニスをされたと聞いたときは。

ライア様は今まで悪い人たちに会ってきたからでしょう。あまり人を信じる方ではないのですが、ジル様のことはとても信頼されているように見えます。

ライア様ご本人も自覚はないみたいですが……

◇　◇　◇

「申し訳ございません。長く話を聞かせてしまって……でも、もしよろしければライア様とこれからも仲良くしていただければ……えっ、ジ、ジル様!?」

「す、すみ、ません。でも、あ、あまりにも」

セバスさんが驚くのも無理はない。

なぜなら俺はドン引きするくらい大号泣していたからだ。もう涙だけじゃなくて、鼻水まですすってる。

「と、とりあえず、これをお使いください」

「あ、ありがとうございます」

渡してくれたハンカチで涙を拭き、鼻をかんで落ち着こうとするが、ライア様の今までの境遇を思うと、昨日緩んでしまった涙腺がまた崩壊しそう。

「だ、大丈夫ですか？」

「は、はい。ただ、昨日聞いた話からは想像できないことばかりで……ライア様の辛さを思うと……」

そしてまた泣き出しそうになる俺に、セバスさんが今度はお茶を渡してくれた。

「どうぞゆっくり飲んでください。泣くと水分が出てしまいますから」

「す、すみません」

もらったお茶をゆっくりと飲み、心がだんだんと落ち着いていく。

涙が完全に引っ込んだあと、セバスさんは話の続きを再開した。

「最初、執務室で一緒に仕事をされていると聞いたときも大変驚きました。ライア様の噂を知っていれば、まず嫌がりますから」

「えっ、そうだったんですね」

言われてみれば今まで不思議そうな顔をしたり、神妙な顔つきをしていたが、あれはもしかして、今までされたことのない反応だったから？

「それに、ライア様ご自身が優秀な方ですので、あまり他人を褒めたり認めたりしないのですが、ジル様のことは認めていらっしゃるようですね」

「え？　そうですかね？」

「ええ、そうですよ」

俺は半信半疑だけれど、セバスさんがそう言うんだからそうかもしれない。

なんだか嬉しいような、恥ずかしいような、複雑な気持ちになる。

「ライア様は本当は優しい方なんです。でもご両親の残された公爵家を守るため、貴族社会で生き残っていくには、まだ若いライア様は冷酷にならざるを得ませんでした」

「そうですよね……根が優しいのはなんとなく伝わってきました。でも、ライア様の優しい心の部分は、セバスさんと、セバスさんのお姉さんのおかげだと俺は思うんです」

「え？」

俺は話を聞いてて、ずっと思っていたことを言葉にする。

「精神的に追い込まれているときも、そばで愛して味方でいてくれる人がいたから、ライア様は優しい心を持ち続けられたんじゃないでしょうか？　なにをしても見放さないでくれる人の大切さに気づいて初めて、ほかの誰かに優しくできる気がします」

さっきセバスさんは、学園に行ったらライア様が落ち着いたと言っていたが、それがすべてではないと思う。

学園でさまざまな人に触れて、いろいろな生き方を知って、自分の視野の狭さとセバスさんやセバスさんのお姉さんが与えてくれる無償の愛に気づいたから、他人にも寛容になれたんだろう。

「そう、でしょうか」

「はい。直接セバスさんにお礼は言われないかもしれませんが、セバスさんとセバスさんのお姉さんにはとても感謝していると思いますよ。要は、尖ってた不良少年が親の偉大さを知って丸くなる、みたいな？」

「はは、それはそうかもしれませんね」

「おい、誰が不良少年だ」

「ブフッッ！」

ソファの後ろから聞こえてきた声に飲みかけていたお茶を勢いよく吹き出す。

「い、い、いつからいたんですかっ⁉」

視界の隅にはドアがあるのに涙で霞んでいたからか、入ってきたことに全然気づかなかった！

というか、セバスさんの位置からライア様が俺の後ろに立ったの絶対見えたよね⁉

なんで教えてくれないの⁉

「さぁな、忘れた。というかまた泣いたのか？」

振り返った俺の顔の涙の跡に気づいたのか、ライア様は指で頬に触れながら心配そうに聞く。

って、ちょ、ちょっと！　か、顔が近い！

「だ、大丈夫ですっ！　泣いてないですっ！」

ぐっと体を傾けて、ライア様から離れる。どきどきする心臓がバレないように、汚れてしまった書類を拭くことに専念した。

「ふぅん、そうか。で、なにを話していたんだ？」

「な、なんでもないです!?　ね！　セバスさん!?」

「ふふ、はいそうです。なんでもないですよ」

ライア様はどこから聞いていたのかわからないけれど、問い詰める様子はなく、そのままデスクに戻る。

「まぁ、いい。それより、今日はここまでにしよう。初日から徹夜しても、残り六日が持たないからな」

確かにこれからまだまだ作業はあるし、少しでも寝ないことには頭が働かない。とりあえず今日進めなければいけない量は終わったことだし、俺とセバスさんは作業の手を止めてソファから立ち上がった。

「あ、セバスはアンナのことで話があるから、少し残ってくれ。ジルは先に寝てていい」

「あ、はい。かしこまりました」

一人だけ先に上がるのも申し訳なかったけれど、思い出話を邪魔したくなかったから俺は先に執務室をあとにした。

ライアの思惑

ジルが執務室から出たのを見届けてから、私は口を開いた。

「ライア様、それで本当のご用件はなんでしょうか」

「話が早くて助かる。先ほどの来客の件だ。二人で話したくてな」

ジルには申し訳ないが、残念ながらアンナのこととは、ジルを抜いて私とセバスの二人だけで話すための嘘だ。先ほどの来客の件は、まだジルには話せない。

「さっき来たのは、使用人のブランだった」

「ほぅ」

ナティから名前を聞いたとき、驚きはしなかった。とうとう来たかと。

子爵家はブランもとい、ブランの仕事をしていたジルがいて成り立っていたようなもの。誰かしら来るだろうと思っていたが、意外と遅かったなというのが本音だ。

「とりあえず、子爵家でのジルの扱いを聞いた。食事抜きや使用人同然の生活だけじゃない。勝手に屋敷外には出られず、子爵の機嫌が悪いと鞭打ちなどもあったらしい」

「なんと、そこまで……」

今思い出しても腸《はらわた》が煮えくり返る。殴りかかりそうになるのをなんとか抑えることしかできなかった。

「それでお前はなにをしに来たんだと聞いたら『私とジル様を交換してください』と言ってきた」

「交換、ですか」

「ああ。多分無能と判断されたあいつが、子爵に言われたのだろう。お前が代わりに行って、ジルを連れ戻してこいとな。もちろん断ったが」

「そう簡単には帰りませんでしたか」

「そうだ。しかも驚いたことにブランは泣きながら何度も、何度も、お願いします、と言ってきた。終いには『このままだと殺される！』とまで叫んで」

「それは変ですね」

「ああ、異様だった。今までにたくさんの人間を見てきたからわかる。あれは演技なんかじゃなくて、本当に切羽詰まっている者の顔だ」

仕事ができない使用人が解雇されるのは当たり前だ。

しかし、殺されるとなると話は違ってくる。そんなことをすれば殺人罪で捕まるのは子爵のほうだ。

「……かしこまりました。シャルマン子爵については誰か調査に向かわせましょう」

「ああ、頼んだ。ジルの今までの扱いも気になるしな」

「それだけ、ジル様は大切な方ということですね」

「え？　ああ、そうだな。仕事も早いし、公爵家にとっては大切な人材だ」

公爵家には人が集まらない。その理由が自分にあることは自覚はしている。

だからこそ、ジルは大切だ。大抵の者は、冷酷非道な私のそばになんかいたくないはずなのに、ジルだけは、初対面で辛くあたっても、一緒に仕事をしたいと言うし、昼食も考えてくれた。

そんな人間、ジルが初めてだ。

「そうですね。今はそういうことにしておきましょう……そういえば昨日、ジル様とテニスをされたのですか？」

「ああ」

セバスの顔を見なくても、私の心境の変化を知りたがっているのがわかる。今まで近づかなかった場所に、なぜ行く気になったのかと。

「一日ぐらい、いいと思ったのだ。今まで頑張ってきたのだから、テニスぐらいしてもいいんじゃないかと」

『俺たち今日まで、頑張って来ましたよね？』

『それなら一日ぐらいテニスしたってよくないですか？』

あのときのジルの言葉が、鮮明に思い出される。

両親が亡くなってからずっと死に物狂いで努力して、誰にも負けないように走ってきた。

だからこそ私には休みはなかった。

泣くことも、遊ぶことも、あの日を最後に置いてきたつもりだ。それが両親への弔いだと思っていたし、それでいいと思っていた。

でも、ジルの言葉で、今までの自分の頑張りを認めて少し休んでもいいんじゃないかと思えた。ずっと肩肘張らずにいていいと、そう言われた気がしたのだ。

「たまには元気に遊んでいる姿を見せなきゃ、両親が心配するかと思ってな……あと、アンナも」

アンナの少し強引なところや心配性なところが、昔は嫌だと思っていたが今思えば何度となくその性格に救われた。病気とわかってからも何回か見舞いに行ったが、行くたびに小言を言われて……でも、私に怒ってくれるのも、アンナだけだったな。

「そうですね。きっと、ご両親も姉も喜んでいますよ。ライア様の元気なお姿を見て」

「ああ、そうだといいな」

目に溜まった涙を拭きながら、セバスが応える。

それだけ心配をかけていたことに少しだけ胸のあたりが痛くなった。

「セバス、話は以上だ。明日も早朝からよろしく頼む」

「はい、かしこまりました」

そのまま執務室から出ようと、扉に手をかけたセバスに、先ほど少しだけ聞こえてきた話を思い出して言う。

「セバス、いつもありがとう。おかげでここまで来れた。感謝している」

「……っ⁉」

驚きで固まっているセバスに、つい笑ってしまう。

「直接言わないと思いますが、なんて言われたら言いたくなるだろう。この仕事が終わったら、一緒にアンナの墓に花を供えに行くぞ」

「は、はい！　ありがとうございます」

仕事が終わったら一番に、アンナのところに行こう。そして今までの感謝を、伝えなければ。

◇　◇　◇

翌日、日が昇って間もない朝五時に執務室に集まり、黙々と書類作業を続ける。昨日と違って来客もなく、淡々と時計の針は進み、朝、昼、夜。窓枠の作る影が、部屋の端から端まで移動する間、誰も手を休めることなく必死に書類を捌《さば》いていった。

一日の作業が終わるころには、朝見たときより書類の山が減っているのはいいけれど、目は充血してるし体はガチガチで疲労がすごい。

けれど終わらせないことには意味がない。

こうして残りの四日、三日、二日も同じように過ぎてゆき、そして、最終日の今日。

「これが、最後の書類です！」

セバスさんが最後の書類を確認し終わったのは、王室へ領地報告書を提出する当日、八月一日の朝六時だった。書類はその日の九時から十七時までに王室へ献上しなければならないから、本当に、本当にギリギリで間に合った！

「や、やったぁああ！　ライア様！　間に合いましたよっ！」

「ああ！　本当に、終わるとは！」

あまりの嬉しさにライア様と思いっきり抱き合う。

二人とも三日ぐらい体を洗っていないからそれはそれは汚かったが、そんなの気にしてなんていられない。なんせ、最後の残り三日なんて寝る暇もなく、みんなでボロ雑巾のようになりながら、ただ数字を追いかけていたんだから。

わかりやすく言うなら、あの超絶美男子のライア様が、ちょっとそこら辺のイケメンにまで成り下がり、セバスさんはヨボヨボのおじいちゃんになったし、俺は人の形を留めていたか怪しい。

それだけみんな極限まで神経をすり減らしながら作業をしていたんだ。

終わったときの感動は、ひとしおだった。

「ライア様、ジル様、まだ喜ぶのは早いですよ。王室報告日時は九時からです。そんな格好では行けません」

セバスさんが、抱き合って浮かれている俺らの近くにきて諭してくれる。

「そうだ、セバスの言う通りだ。今すぐ風呂に入って準備をしよう」

さすが最年長者のセバスさん。こんなときも落ち着いてるな……と思ったら顔は全然嬉しさを隠しきれていない。溢れ出るにこにこ顔。

それならとりあえず！

「急がなきゃいけないのはわかってるんですけど、一旦みんなで、終わったこと喜びません？」

そう言って、俺はセバスさんとライア様に抱きついた。


「ジ……ル……ジル、様！……ジル様！」

「わぁあ！」

誰かに名前を呼ばれた気がして飛び起きたら、目の前には安堵した様子のナティさんが。

「あ、お、おはようございます？　あっ！　王室報告どうなりました⁉」

そうだ思い出した。確か王宮へ向かうライア様を送り出したあと、お風呂入ってすぐ寝ちゃったんだ。さすがにもう、ライア様も帰ってきているだろうか。

「それは無事間に合ったようです。公爵家のほかに、昨日王宮に行けた貴族はほとんどいらっしゃらなかったようですが」

「よ、よかった！　そうだったんですね」

じゃあ俺がいなくなった実家も、絶対に間に合っていない。

でもほかにも間に合わなかったところがいっぱいいるみたいだし、王室も期限遅れに関しては、そこまで重い罰は与えないだろう。

……ん？　でも、ちょっと待って？　昨日？

「王室報告業務って、今日の朝でしたよね？」

窓の外はお昼ぐらいの明るさ。ということは、まだ寝て六時間ぐらいしか経ってないはず。

「いいえ、ジル様。王室報告日は昨日です。ジル様あれから一切起きず、一日ずっと寝ていらしたんですよ？」

「え!?　じゃあ今日は八月二日!?」

信じられない！　そこまで寝られる自分にも驚きだが、こんなに気づかないことある!?

「そうです、あまりにも起きてこられないので、ライア様が心配して声をかけてきてくれと」

「あ、そうだったんですね」

言われてみれば、お腹も空いたし喉も渇いた。

それを察してか、ナティさんが水と軽食をベッドトレーに載せて渡してくれる。

「あ、ありがとうございます」

「いえ、元気なご様子で安心しました。もしジル様の体調がよければ、ライア様が今後のお話をしたいとおっしゃっていましたが、どうなさいますか？」

「あ、じゃあ、後ほど伺いますとお伝えください」

「かしこまりました。本日は執務室ではなく、図書室にいらっしゃるとのことでしたので、呼んでいただければご案内いたします」

「ありがとうございます」

俺は軽くお風呂に入り、軽食を食べてからナティさんに図書室まで案内してもらう。図書室はまた別で建物があるようで、渡り廊下を進んだ先に大きな扉が現れた。

「この先が図書室です。私はこちらで失礼いたします」

「あ、はい」

俺はギィ……と音を立てて、観音開きの扉を開ける。

図書室と言っても部屋にいっぱい本が置いてあるぐらいかと思っていたら、全然スケールが違った。

まず、驚くほど天井が高い。一階から二階までが吹き抜けになっているようで、上のほうに大きな窓があり、そこから差し込む光が図書室の室内光になっている。壁はすべて書架になっていて、中央には長テーブルと長椅子が並んでいた。

「おはよう、ジル。生きててよかった」

「あ、ライア様」

ライア様は図書室の真ん中あたり、ちょうど陽の光が当たった場所に座っている。

俺はそこに向かいながら、図書室をぐるっと一周見渡した。

「驚いたか？　ここは王室と学園の次に蔵書が多い。いつだったかの先代が本好きで、ここを増築したと聞いた」

「そうなんですね」

俺はライア様に向かい合う形で、長椅子にかける。

テーブルにはライア様が読んでいた本以外にも、謎の巾着と紙が二枚置いてあった。

「さて、大きな仕事もひと段落したことだし、ジルの今後について話し合おう。前に言った通り、ここにはいたければ好きなだけいればいい」

「それは、ありがとうございます」

つい先週のテニスコートでの夕焼けが頭の中をよぎり、泣いてしまった恥ずかしさやら、慰めてくれた嬉しさやらが、心の中を通りすぎていく。

「それで、これがこの数週間働いてくれた分の賃金だ」

ライア様はそう言って、俺のほうに巾着を差し出す。

「え⁉　本当にお金もらえるんですか⁉」

「当たり前だ。今回一番働いてもらったと言っても過言ではない。ジルの頭と、新しい計算方法があったから、間に合ったようなものだ。一応こちらで時給換算してそこに賞与も入れた額になっているが、不満があれば」

「いえ、ないです！」

「……額を確認してから言ったほうがいいぞ、そういうのは」

確かにそうかもしれない。

一応開けて中身を見てみたが、金色の硬貨が数十枚と銀色の硬貨がいくつか入っているのが見えた。それだけで十分だ。

「実家にいたころは、賃金なんてありませんでしたから。それに、婚約解消の慰謝料代わりですし、お金はもらえないと思っていました」

「もちろん、普通の仕事ぶりだったら渡していない。でも、ジルは私の予想よりもはるかに優秀な仕事をしてくれた。ならその分の対価を払うのも、もらうのも当たり前のことだ。ジルにはそれだけ素晴らしい能力がある。子爵家の誰がなんと言おうとな」

「……ありがとうございます。大事に使わせていただきます」

ライア様はこういうとき、いつも俺の偏見を正してくれる。今だって、もらえないのが当たり前だと思っていた先入観を、さらりと取り払ってくれた。そういう優しさに、なぜか胸が苦しくなる。

「ああ。でもあとでちゃんと額を確認するんだぞ。あとこれだ」

今度は二枚の紙をテーブルの真ん中に並べた。

一枚は普通の白い紙だが、もうひとつは高級そうな厚紙に見える。

「……これは？」

「一枚は雇用契約書だ。内容はセバスやナティに渡してあるのとほぼ変わらないが、賃金の支払いや労働条件について書いてある。このまま公爵家のために仕事をしてくれるなら、この紙にサインしてくれ」

「わかりました。それで、もう一枚のほうは？」

「これは」

ライア様は少し言うのをためらったあとに俺の目を見つめ、口を開いた。

「私と一緒に学園に行かないか？」

「……え？」

今、学園って……

「この紙は編入試験の願書だ。推薦書は私が書くし、成人してるから実家の許可もいらない。ジルの頭なら少し勉強すれば難しくないだろう。それに、私と同じ学年にくれば一年で卒業して、高等部卒の資格が取れる。資格はジルにとっては、悪い話ではないと思うんだ」

「ま、待ってください！　ていうかあと一年で卒業って」

いろいろ聞きたいことがあるが、まずリリーと同い年ならライア様は高等部四年になる前のはず。この世界の学校は高専制度とほぼ同じで、高等部五年の年に二十歳でみんな卒業するから、あと二年の間違いじゃ？

「ああ、言ってなかったか？　私は飛び級して次でプリンシア学園の高等部五年になる」

「あ、へぇ、そうだったんですね……」

さ、さすがライア様……

ん？　でも、待てよ。プリンシア学園って……

「ラ、ライア様と一緒にってことは、プリンシア学園に通うということですか？」

「そうだ。ほかに行きたいところがあれば別だが」

「そ、そうじゃないです。た、ただ……」

プリンシア学園とは、サルタニア王国の中でも学力トップクラスの中高一貫校。王室や有力貴族の子供は、必ずと言っていいほど通う名門校だ。

だからこそ、学費も馬鹿みたいに高い。父の教育方針で俺の兄もここの卒業生だし、妹は在学中だからこそわかる。ここの学費がどれだけ家計を圧迫しているか！

「学費の心配をしているなら大丈夫だ。私が出す」

「え？　えっ⁉」

動揺する俺の顔に、学費の文字が見えたのだろう。

ライア様が先手を打つように、言葉を被せる。

「でも、あの家一軒を買えるほどの学費を出すって言ったって……な、なぜ、俺にそこまでしてくれるんですか？　ライア様には損でしか」

「損得で考えるなら、私に損はない。幸い公爵家には金がいっぱいあるし、今は優秀な人員が不足している。ジルが学園で学んでくれれば、より公爵家に役立つかもしれないだろ？」

「で、でも」

それはそうかもしれないが、俺が学園に行っても役立つ保証はない。役に立ったとしても、高額な学費分まで貢献できるのはずいぶん先だ。

どう考えてもライア様にとってはハイリスク・ローリターンすぎる。

なのに、なんで……

「それに、ジルは知ってる世界が狭すぎる。ちゃんと働いてお金がもらえただけで、こんなに喜んで！　世間を知らないにもほどがあるぞ！　その上、貴族社会ではジル・シャルマンは出来損ないだと言われているし。それを正したいとは思わないのか？」

「え、あ、そうですね？」

自分の噂はどうでもいいかなぁ……なんて思っていることがライア様にバレたのか、呆れたようにため息をつかれた。

「はぁ、まあいい。でも、もし私にとって損なんじゃないかとか、負い目を感じて断るなら無理やりにでも連れていく」

「え」

「それならジルは私に対して申し訳ないと思わなくていいだろ？　私が勝手に連れていくんだから」

「ははっ……それは、そうですね」

ライア様はよくわかってる。少し強引にでも押されないと進めない、俺の性格を。

「でも、できれば最後はジルの意志で決めてほしい。ほかにやりたいことがあれば私はそれを応援しよう。ただ、私はジルと一緒に学園に行きたい。ジルには学園でいろいろなことを学んでほしいし、狭い世界で満足してほしくない。正直、公爵家の役に立ってほしいなんてのは二の次だ」

「ラ、ライア様……」

なんでライア様は俺のことをそこまで思ってくれるんだろう。

実家での扱いを知って、同情してくれているのだろうか。それとも、あまりに世間知らずな俺を哀れに思ったのか。

震える瞳で、ライア様を見つめる。

ライア様が俺に向ける眼差しには出会ったころにはなかった温かさがあって、その熱が、心臓をうるさくさせた。

「どうした、ジル？」

「……いえ。なんでもありません」

鼓動が、暴れる。そうなってしまった理由を俺は知っている。

でも抱いてはいけない感情だから、ずっと見て見ぬふりをしてきたのに。

だけど、これから先もライア様のそばにいるならこの気持ちに向き合わないといけない。じゃないと学園まで行きたい理由が見つからないから。

「……少し、考えさせてください」

俯いてしまった俺にライア様は、

「わかった。今すぐに決めてくれとは言わない。明日から一週間セバスと領地に戻るからその間じっくり考えてくれ」

と柔らかい声音で言って、席を立った。

「…………」

テーブルの上には、ふたつの紙が並んでいる。

でも本当は答えなんて決まっていたんだ。ただそれを、一人で受け入れる時間と勇気が欲しかっただけで。


翌日、公爵家領地に向かうライア様とセバスさんを玄関で見送るとき、俺は告げた。

「ライア様、俺、学園に行きます。いや、行きたいです」

でも、なんで学園に行きたいのかは言わなかった。

だって、とてもじゃないが、ライア様に直接言えるような綺麗な理由じゃないから。

「本当か、ジル⁉」

予想より喜んでくれるライア様に、騙しているようで少しだけ胸が痛む。

けどそれ以上に、朗らかな笑顔が見れて嬉しいと思ってしまった。

「はい。ライア様と一緒に、学園で学びたいです」

テニスをしたあと、夕焼け空を見た日からライア様に感じる胸の高鳴りの正体を、俺はずっと認めないようにしてきた。

でも、気づかないふりをして、本音に蓋をするのはもうやめよう。

ライア様がくれた優しさは、自分を認める勇気をくれたから。

ライア様、あなたが好きです。

だからあなたのそばにい続けられるよう、俺は学園に行きます。


「とは言ったもののさぁ！」

今俺はこのだだっ広い図書室で一人、大量の分厚い本と向き合っている。

なぜかというと、つい先日、

『学園に行きます！』

って言ったら、それはそれはライア様は喜んでくれたのだけれど、領地に向かう直前だというのにセバスさんや馬車も待たせて、必死になにか紙に書き始めたとと思ったら……

「ここに書いてある本の内容を私が帰ってくるまでに覚えておいてくれ。戻ったら一緒に復習するぞ！」

俺に本の名前がたくさん書かれた紙を渡し、そのまま領地へ行ってしまったのだ。

「いや、覚悟を決めた身、頑張らねば！」

自分を鼓舞するも一人じゃいまいち捗らないし、なによりついライア様のことを考えてしまう。

前までは男を好きになることがおかしいと思っていたけれど、そんな固定概念はライア様が取り除いてくれた。おかげでやっと、認められた自分の気持ち。

叶わないとわかっていても、その気持ちに素直に行動してみようと決めたんだ。

だからとりあえずの目標は学園に行ってライア様のために勉強に励み、優秀な部下としてそばに置いてもらうことだ。それが俺の求める関係でないとしても。

「そうなんだよな……俺の求める関係じゃないんだよな……」

優秀な部下としてそばにいても、それはただの仕事仲間であって恋愛関係ではない。でも俺が望んでいるのは、手を繋いだり、触れたり、そういう身体的な……

「……や、やめよう、やめよう！　不埒な妄想はよくないっ！」

顔が熱くなってきたから、手で扇ぐ。

やっぱり俺が望んでいる関係はひどく叶いづらい。叶いづらいどころか、ほぼ絶対叶わない。

だってライア様はリリーの元婚約者だし、公爵家を背負ってる人だから俺みたいな男が付き合うなんて、奇跡が起こってもまず無理だ。

前までならこんな望み薄の相手、速攻諦めて逃げてたけど……

「ライア様は逃げないんだよな。俺のことに関しても、公爵領の仕事に対しても」

俺が実家で不遇の目にあってると知ったら、ライア様は俺が家に帰らなくて済むように雇ってくれた。適当にあしらうんじゃなくて、本気で向き合ってくれた。

公爵家の仕事にしてもそう。セバスさんに任せるんじゃなくて、ライア様は自分でちゃんと向き合ってる。逃げたりしない。

だから俺も、本当の自分から逃げない。すぐに仕方ないって、諦めない。

「うん。まずはライア様のそばにいるところから始めよう。そうしよう！」

覚悟を決め本を開く。けどそこに、新たな疑問が湧き出てしまった。

「あ、でも、ライア様って、リリーのどこに惚れたんだろう？」

一人で作業しようとすると、別のことを考えてしまうのは前世から変わっていないらしい。

にしても、ライア様のタイプ……非常に気になる。それを知ったところで、俺がリリーのようになるのは無理だけど、少しは関係を進めるヒントになるかもしれない。

「うーん、意外とゆるふわ系がタイプだったりして」

「なんの話ですか？」

「うわっぁお！」

意識の中に急にナティさんが現れてびっくりする。

手に昼食のトレーを持っているから、俺に差し入れを持ってきてくれたのだろう。でも気配がなさすぎて全然気づかなかった。

「ナ、ナティさん。いらっしゃったんですね……」

「はい。ジル様がなにか考えごとをしていらっしゃるみたいでしたから話しかけなかったのですが。今問いかけられたのかと思いまして」

「あ、いや、別に」

俺はそのまま誤魔化そうとしたが、ナティさんは意外にも聞く気満々みたいだ。

俺は仕方なく、嘘をつかずにそのまま聞くことにした。

「いやぁ～、なんでライア様はリリーと婚約したのかなって、少し思っただけです」

「あ、ジル様はご存じないのですね。もしよろしければお教えしましょうか？」

「えっ!?　ナティさん知ってるんですか!?」

ナティさんは「ええ、お隣失礼してもよろしいですか？」と言うので「どうぞどうぞ」と言って座ってもらう。

「こちらはサルタニア王国の領地分布地図なのですが……」

ナティさんはテーブルに置かれた本を開く。

サルタニア王国全土が描かれており、誰がどこの領地を管理しているか示されている。

そして俺は驚いた。この国、島国だったんだな。

ずっと家にいたもんだからこの世界の地図を見たことがない。中心に大きくサルタニア王国の島があり、右側に大陸らしきものも書いてあった。

「ライア様の治めるダルトン公爵領が、この一番大きな面積です」

「そうですね、北西部はほとんど埋まってる」

ぱっと見でもわかるぐらい、ダルトン公爵と書かれた面積が一番大きい。

「しかし、この土地はほとんど農作地。その年の天候や気候変動に大きく影響を受けてしまうのが目下の課題です」

「なるほど……じゃあ、ライア様は税収の安定をはかりたいですよね」

収入源が農作物の売上ひとつだと、領主としては飢饉や不作の年が続いたときに不安だろう。できればほかに、安定した収入源が欲しくなるのは当然だ。

「そういうことです。やはりジル様、呑み込みがお早いですね」

ナティさんって褒めるんだ！　思わず嬉しさで頬が緩む。

「では税収の安定として、ライア様が目をつけたものはなんだと思いますか？」

さっきよい回答をしたからだろうか、ちらっとこちらを窺うように聞かれる。俺は地図を見ながら頭の中で思考を組み立てた。

「そうですね……婚約の話で領地の話題が出るってことは俺の実家に関係ありますよね？」

「ええ、大いに関係があります」

シャルマン家の治める土地は北東部の小さな海岸地域のみ。しかも砂地で不毛な大地なため、主な産業は魚と海水で作る塩ぐらいしかない。

公爵家のメリットになるようなものは……あ、でも、シャルマン家にしかないものがひとつだけある。

「そういえば俺の実家、ほかの領地にはない砂でできた半島があるんですけど、それが公爵家の欲しかったものですか？」

「左様でございます。さすがですね」

普段笑わないナティさんが微笑んでる！　嬉しい！

けれど、なんであんな半島が欲しいんだろう？

砂地だから作物は育たないし、ちょっと変わった地形ってだけで観光名所になりそうもないのに。

「その砂地の半島を地理の用語で砂州と言います。それが大きな港を作るのに重要となるのです。約一年前、王立セネアード大学の技術開発学部が画期的な埋立方法を発表したおかげで、シャルマン領に港ができるとライア様はお考えになったのです」

「港！　なるほど！　確かに港があれば、税収の分散になりますね！」

港ができて他国や他領との貿易ができれば、関税による税収が増える。

もし不作になっても領民を苦しめずに済むだろう。

「あ、でも、それならなんで俺の実家は今まで港を作らなかったんでしょう？」

「シャルマン子爵の領地は港を作るのに条件はいいのですが、埋め立てには膨大な初期投資が必要となります」

「なるほど、じゃあ、俺の父シャルマン子爵は港を作る環境はあるけど、お金はない」

「私たちダルトン公爵家側はお金はありますが、土地がありません」

今までバラバラだったピースがひとつになっていく。

「そこで、リリーと婚約してお互い利益を得るということですか！」

「そうです。要は公爵家を大きくするための政略結婚だった、というわけです」

「そっかぁ～！　そういうことだったんですね！」

ナティさんの教え方が上手なのか、なんだか謎解きをしているみたいですごく楽しい。

「こんなことを言ってしまってはあれですが、ライア様が子爵という身分の方となんの考えもなしに婚約するような方ではありません」

「それもそうですよね！　俺、てっきり恋愛結婚だと思ってて」

「きっと、ライア様にとって婚約とは公爵家を存続させるためのひとつの道具でしょう。今回の婚約も、東の大国との貿易港を持つメネシア侯爵家を意識したものだったと思います」

メネシア侯爵って確か、ライア様の後見人だった人か……仲良いのかと思っていたけど、そうでもないのだろうか。貴族社会も単純ではないらしい。

でも、ライア様は見た目とか性格より公爵家にとって有益か損かが大事みたいだから、とりあえず優秀な部下になるっていう当初の目標は間違ってなさそうで安心した。

だが、今の状況、こんなにも勉強が捗ってないんじゃ、到底目標は達成できそうにない！

かくなる上は……！

「ナティさん！　折り入って頼みがあるのですが！」

「なんでしょうか？」

「空いてる時間でいいので、俺に勉強を教えてください！」

ナティさんは「え？」と俺の提案に戸惑っていたようだが、事情を話すと快く受け入れてくれた。

それからライア様が帰ってくるまでの数日間、ナティさんが仕事の合間をぬって俺の専属家庭教師になってくれた。


「ジル、帰ってきたぞ！」

俺が学園に行くと言って勉強を始めてから一週間。

日が落ち始め、もうそろそろ明かりが欲しくなる時間にライア様が意気揚々と帰ってきた。

領地の視察でなにかいいことでもあったのだろうか？

すごく嬉しそうな様子で図書室に入ってくる。

「あ、すみません、こっちから挨拶に行こうと思ってたんですけど」

戻ってくる時間が読めなかったからここで待っていたが、まさか向こうから来てくれるなんて。

正直、めっちゃ嬉しい。思わず心がほわっと温かくなる。

「いや、それは気にしなくていい。それより勉強は進んだか？」

ライア様は俺の反対側に座ってノートを覗き込む。

ちょっとだけ近くなる距離に心臓がどきっとした。

「は、はい。なんとか、ライア様からいただいていた課題は頭に入ったかと」

「おお！　さすがだな！」

ライア様に褒められたことで一週間の努力が報われたと思ってしまうのだから、我ながら単純だ。

「あ、ありがとうございます！　ナティさんに付きっ切りで教えてもらったんですけどね」

「……付きっ切り？」

ん？　今急に、声のトーンが下がったような……？

「えっ、あ、ナティさんの時間が空いているときだけですけど……」

「付きっ切りって、どういうことだ？」

んんっ⁉　な、なぜか怒ってらっしゃる⁉

いや、でも、仕事がないときだけだし、悪いことはしてないはず……一人でできなかったことを責められているのか？

「あ、えっと、横に座ってもらって、本を開きながら」

「へぇ？　それで、勉強が捗ったのか」

「はい！　それはそれはナティさん教えるのが上手で」

バーンッ！　とわざと机を叩いて立ち上がったライア様はそのまま俺の前から離れていく。

「え⁉　ラ、ライア様どうされましたか⁉」

さっきまでご機嫌よさそうだったのに。ライア様の急変ぶりに、頭が追いつかない。

そのまま出ていってしまうのかと思ったが、長机の端まで行くと俺の座る椅子の列を通って近づいてくる。

そして、うろたえている俺を無視して肩と肩ががっつり触れるくらいの至近距離で隣に座った。

「で、こうやって教えてもらったのか？」

「あ、いや、そこまでは近くないというか」

ただでさえ肩が当たって気が気じゃないのに！

頬杖をついて俺の顔を覗き込んでくるもんだから、熱くなる顔がバレないように必死に目を合わせないようにする。

「なぁ、ジルは本当に男が好きなんだよな？」

「え⁉　きゅ、急にな、なんですか⁉」

俺の好きな気持ちがライア様に伝わってしまったのかと思って、外していた目線をライア様に合わせると……

少し傾けたらキスできてしまうんじゃないか？　という距離まで顔が迫っていて、心臓が口から飛び出た。

「ふーん。なら別に」

別にってなに⁉

なにもわからないまま、ただ闇雲に混乱させて満足したのか、俺に近づけていた顔を離す。

「明日からは私が教える。もちろん隣で」

「え⁉」

「嫌か？」

「ぜ、全然！　よ、よろしくお願い、します！」

全力で否定したのはいいけれど、明日から毎日これって、俺倒れちゃうんじゃ……

俺の心配をよそに、ライア様はご機嫌よさそうに頷いた。


八月末の編入試験まで残り二週間を切り、試験勉強も最後の追い込みに入ってきた。

あれからライア様には毎日隣で教えてもらっているけれど、触れ合うほど近かったのは初日だけで勉強に集中すると意外と気にならないのはよかった。

それに……

「あ、確かこれは、この政策の影響ですよね？」

「そうだ。ジルは覚えるのが早いな。やはり頭がいい」

と今日みたいによくできた日は褒めてくれるのが、たまらなく嬉しい。

「あ、ありがとうございます」

「ジルは本当によくやってる」

ライア様はそう言って、俺の頭のほうに手を伸ばし……引っ込める。

たまにこういう謎の行為をするけれど、これがなにを示しているのか俺にはわからない。

いつだったか「なんですか？」って聞いたら「髪にゴミがついているように見えただけだ」って言われたけど、そんなに俺の頭汚いのかな？

「い、いえ、ライア様の教え方が上手だからですよ」

「ふーん、ナティも上手かったか？」

「え？」

なんでここでナティさんの話を……と首を傾げつつ、あ、まただと思っている自分もいる。前も「ナティと一緒にいるのは楽しかったか？」って聞かれたし。思えばあの日様子がおかしかったのもナティさんの話をしてからだった。

やっぱりナティさんに教えてもらったのをよく思っていない。なんなら怒ってる。

「……なんでそんなことを聞くんですか？」

「え？」

「やっぱり、俺がナティさんに教えてもらったの、なにか怒ってますよね？」

俺はペンをノートの上に置き、ライア様のほうに体を向けて話す。

「もし、ライア様の癇に障るようなことをしてしまったのなら謝ります。でも、俺は別にナティさんとどうこうしたわけでもないですし、ライア様が心配するような」

「ちょ、ちょと待て！　心配ってなにを」

ライア様はなにを言っているのかわからない、とでも言いたげだけれど、俺にナティさんについて、聞くときは決まって不機嫌になる。

それがなにを示しているのか、想像がつかないほど馬鹿じゃない。

「ライア様は俺とナティさんが恋仲になると心配しているんじゃないですか？　だってあの日、俺に男を好きか聞いたのは、そういうことですよね？」

「え、は？　いや確かに聞いたけれど、そういうわけでは……というかなんで私が、ジルとナティの仲を心配するんだ！　動機がないだろ？」

「それは職場で恋愛すると、仕事に支障をきたすことを心配しているのか、それとも……」

一番可能性が高く、俺にとっては一番最悪な答え。

それを言わなければならないことに、悲しみと腹立たしさが渦巻く。

「好きなのかと」

「………はぁ!?」

少しのタイムラグを経て真っ赤な顔で慌てた姿は、あまりにもわかりやすい反応だ。答えを聞かなくても自分の失恋が決まったのだと悟った。

「やっぱり！　ライア様はナティさんが好きなんですね!?」

「……はぁ？」

「いえ、安心してください。確かにナティさんは優秀ですもんね。俺は別に応援しますよ。それにライア様が近づくなと言えば……」

わかっていたけれど、こんなにも呆気なく散ってしまうとは。

押し寄せる悲しみに耐えきれず、早口で捲し立てたら、ライア様に両肩をがっちりと鷲掴みされた。

「ジルっ！　ジル、いったん落ち着け！　ナティのことは好きじゃないし、ナティには夫がいる！」

「……へ？」

ナティさんに、夫？

「ナティは若いが、結婚しているんだ。すまん、知っているかと思っていた」

早口モードから普段の俺に戻ったのを安心したのか、ライア様は掴んでいた手を離す。

それから、ナティさんが幼馴染の人と結婚していること、お互いとても愛し合っていること、毎年結婚記念日には、休暇申請を出していることなどを教えてもらった。

「そう、だったんですね」

「というかなんで、私がナティを好きだと思ったんだ」

ライア様は呆れたようにジト目で俺を見る。

俺ははやとちりだったことに安堵しながら、

「だって、俺がナティさんの話をしたらすごい不機嫌になるじゃないですか。だからてっきり、嫉妬しているのかと」

とモゴモゴしながら答えた。

「嫉妬？」

「はい。だって好きな人がほかの人と仲良くなってたら嫉妬しますよね？」

「……好きな人がほかの人と仲良くなってたら、嫉妬しますよね？」

えっ、今ライア様、まったく同じことを繰り返さなかったか……？

「ほかのところに行ってほしくないって思いません？」

「……ほかのところに行ってほしくない」
ラ、ライア様が、おうむ返ししかできなくなってしまった……！

「だから、好きなのかと」

俺の言葉が終わるのを待たずに、ライア様は頭を抱えるように机に突っ伏す。

髪がかかって表情がよく見えない。けれどひどく動揺しているのは、仕草から伝わった。

「ラ、ライア様？」

「それは好きになるのか」

「え？」

「ほかの人と仲良くなってる姿を見て心が焦るのも、自分から離れてほしくないと思うのも、傷ついた顔を見たくないとか、ふとしたときに触れたくなるのもそれって」

なにを言っているんだろう？　そんなの決まってる。

「好きってことだと、思いますけど」

「………………はぁ」

ライア様は小さくため息をついたまま、腕を折りたたんで机に突っ伏してしまった。

というか、この感じ！

「え!?　だ、大丈夫ですか!?　て、ていうか、ライア様、好きな人いるんですか!?」

「……いや」

「いや、ってなんですか!?　だ、誰か教えてくださいよ！　俺、応援しますから！」

「……応援？」

「はい！　俺、ライア様がその人とうまくいくように頑張りますから！　だから、教えてください！」

失恋の危機が過ぎたと思ったら、またすぐ戻ってきてしまった！

叶わないとわかったのなら、あと俺に残されたのはライア様の幸せを願うことだけ。

「……おい」

「はい！」

「ジルは私に好きな人がいたら、応援するのか？」

「もちろんです！」

「嫉妬は、しないのか？」

「はい！」

嫉妬なんて勝てると思う相手にするものだ。

俺が、ライア様が選んだ相手に勝てるわけがない。嫉妬なんて生まれる前に、諦めが勝つ。

だから安心して教えてください、とアピールしたのに、すんっと顔を上げたライア様はなぜか冷めた目をしている。

「いない。好きなやつなんていない」

「え！　そうなんですか⁉　やったぁ！」

「やったぁ……？　なんでそんな喜んでるんだ」

「えっ⁉　あ、いや！　その」

やばい！　どうしよう！　全然いい言い訳が思いつかない！

でも好きな人がフリーだったら誰でも嬉しいじゃん！

「ふっ、ははっ、まあいい……好きなやつができたらジルには一番先に言うさ。だから安心しろ」

「あ、はい。ありがとう、ございます」

「それより、試験勉強だ。来週までに政経を覚えないとな」

「は、はい！」

俺の焦りに焦った顔が面白かったのか、とりあえずそのまま勉強に戻る流れになってよかった。

でもこのとき、俺は結局最後まで気づかなかった。

ナティさんの話をするとライア様が不機嫌になる、その理由が謎のままだったことに。


それからあっという間に時が流れ、試験当日の日。

俺が毎日ずっと勉強漬けなのを知っているからか、使用人の方も会うたびに「ジル様ならきっと、大丈夫ですよ」と声をかけてくれた。

ライア様は玄関までお見送りしてくれて、

「私の推薦があるから大丈夫だとは思うが、普段通りやれば余裕で合格だ」

とまで言ってくれた。

ほかにもセバスさんやナティさんにも見送られて、公爵家の温かみを感じながら俺は試験会場のプリンシア学園へと向かった。

実際の試験は意外と簡単で、筆記も面接も難なくこなせた。俺は数学系はほとんど大丈夫だったけど、歴史・政治・経済の社会科目は不安だったから手応えを得られてよかった。

そして試験翌日。

「ジル。入っていいか」

「えっ、あ、はい。大丈夫です」

珍しく、というか初めてライア様が直接俺の部屋に訪ねてきた。

「今日はなにか予定があるか？」

「あ、いえ、特には」

「じゃあ、一緒にお茶をしないか？　見せたい物もあるんだ」

ああ、ライア様は気を遣ってくれているんだな、とすぐにわかった。

だって今日は試験の合格通知が来る日だから。

「にしても、試験結果が出るの早いですよね」

「ああ、そうだな。まぁ、編入するやつは少ない。だから採点も一日かからないんだろう」

俺とライア様は部屋を出て、階段を一緒に並んで下りる。

試験を受けたのは昨日だ。

確かに編入試験に行ったら一人しかいなかったし、試験監督の先生も暇つぶしにきたおじいちゃんみたいな感じだった。

「うう、これで受かってなかったらどうしよう」

「まぁ、そんなことを考えているだろうと思ってな。少しは気晴らしになればいいんだが」

ライア様はそう言うといつの間にか目的地に着いていたのか、一階の廊下の突き当たりにある観音扉を開けた。

「わ、わぁ。す、すごい」

開けた瞬間から華やかな香りと少し湿った暖かな風に包み込まれる。

部屋は天井も壁もガラス張りで、夏の日差しが多種多様な植物に降り注がれていた。

植物の葉が直射日光を遮り、換気もされているせいか、思ったより暑くない。

「ここは母の趣味だった部屋だ」

部屋の中心には白の丸テーブルと椅子が置いてある。すでにテーブルの上にはティーセット一式とその他ちょっとしたお菓子も準備してあった。

「ここはサンルームですか？」

「そうだ。私が忙しいときは、使用人の誰かが世話してくれている」

豪華で大きな花弁を持つ花もあれば、青々しい葉だけの植物も置いてある。

どの植物も生き生きと葉を伸ばしていて、見ているだけで清々しい気持ちになった。

「とても、とても素敵な場所です」

「ありがとう。それに、ここの植物の話はちょうどいい時間潰しになる。だから考えなくていいことを、考えなくて済むだろうと思ってな」

確かに植物の説明を聞いているだけで、一日かかってしまいそうなぐらい種類は豊富だ。それに、モヤモヤした心を植物たちが吸ってくれる気がする。

ライア様もなにかに悩んだら、ここに来て心を落ち着かせるのだろうか。

そのあとは二人でお茶を飲みながらあの黄色い植物はなんだとか、あのピンクの花は蜜が甘いとか、そんな話をしていたらゆっくりと時間が過ぎていった。

「ライア様、ジル様、よろしいでしょうか？　速達便です」

「「きた！」」

ちょうど、お茶もなくなりそうなときに郵便がやってきた。

心臓をどきどきさせながら、中身の紙を切らないように慎重に封を開ける。

そして、手紙を広げた先に書いてあったのは——

「ご、合格です！」

「やったじゃないか！」

暖かな日の光が照らす部屋の中、俺とライア様は思いっきりハグをする。

ライア様のお母様が大事に育てた花々に見守られながら、俺は嬉しさに胸がはずんだ。

そのあとすぐにセバスさん、ナティさん、その他いつもお世話になっている使用人の方々に合格を知らせにいった。

みんな自分のことのように喜んでくれて少し泣きそうになる。誰かにこうして自分の進路を喜んでもらえることがこんなにも嬉しいなんて。ここに来なかったら知らなかった。

ただ感傷に浸っている間もなく、合格発表から一週間後に始まる授業まで大忙しだった。

入学書類の準備や必要な学用品、指定の制服や靴まで用意しなきゃいけない。

「けどなぁ、一年しか行かないのに新しく買うのも……あっ！　ライア様、予備の制服など持っていないですか？」

「あるには、あるが」

そう言って、試着してみたはいいものの……

「ジル様、これは」

「セバスさん。皆まで言わないでください」

ライア様の部屋にある大きな全身鏡を前にして、己の考えがいかに浅はかかを思い知らされた。

身長があまり変わらないからいけると思ったんだけど……ちょっと考えればわかる。

俺とライア様のスタイルが、天と地ほど違うことに！

「ふっ、ふふっ、それは、それでいいんじゃないか？」

「ライア様。笑っているの見えてますよ」

鏡越しにライア様が肩を震わせている。

でも、ライア様が笑うのも無理はない。

シャツもセーターも袖は長いし、ブレザーの肩幅は俺の肩が間に合っていない。極めつけはズボンの裾のあまり具合。まるで成長期を見込んで大きめの制服を買った中学一年生みたいだ。

「ウエストも緩そうだな」

「え、ああ、そうですね。でも、ここに来てだいぶ太りましたよ」

確かにズボンはベルトを一番きつく締めて、なんとか履ける状態だった。

それでも、ここに来て約二か月間、毎食豪華な料理を食べているからかなり丸くなったほうだ。

「それは太ったんじゃなくて、健康になったと言うんだ。まだまだだけどな」

まぁ、ライア様に比べたらヒョロガリですけど……

なんて思っていたらライア様はなにを思ったのか、急に俺のシャツとセーターを少しだけ捲りあげた。

「え！　え⁉　きゅ、急になんですか⁉」

「え？　ああ、サイズを確認しようと思ってな。ここで着替えを見ていたんだ、別にいいだろ」

「い、いや、急に捲られたら驚きますよ！」

「そうか。すまん」

ライア様は謝罪の気持ちゼロの言葉を返し、厚みを測るかのように俺の腹を触った。

「にしても、本当に細いな。ちゃんと食べてるのか？」

「ほぼ、毎食、一緒に食べてるじゃないですか……」

いつも食堂で豪勢な料理を一緒に食べている。疑う余地なんてないはずだ。

というか早く終わってほしい。

この距離とまじまじ見られる視線に耐えられる気がしない！

「それもそうだな。よし、じゃあ制服も新しく買いに行こう。セバス、馬車の準備を」

「かしこまりました」

サイズを確認して満足したのか、ライア様が手を離した隙に少し距離を取る。ちらっと鏡を見ると真っ赤な顔をした自分がいて、余計に恥ずかしくなった。

「すみません。新しく買うことになって……あ、そういえば、実家に戻れば兄さんのがあるかも」

動揺を悟られないように心臓を落ち着かせながら、ふと、兄のウェスを思い出した。兄さんもプリンシアに通っていたし、実家に帰って探せば見つかるかもしれない。背丈も変わらないから多分着れるはず。

けれど俺の提案にライア様は渋い顔をした。

「ジルを実家に帰らせるぐらいなら新しいのを買いたい。制服ひとつ取りに行くだけでも、嫌な思いをするかもしれないだろう？　なら新品を買おう」

「ライア様……」

きっとライア様は父の言動を知って、そう言ってくれているのだろう。

「心配していただきありがとうございます。でも兄は、父とは違って優しい人なんです。頭もいいですし。ただことなかれ主義みたいなところがあって、あまり家族のことには口を出さないですけど」

兄さんは大学でシャルマン家のために頑張っている。プリンシアに入学して、寮に入ってからは、あまり話すことはなくなってしまったけど。お願いすれば制服ぐらい貸してくれるだろう。

「そうなのか？　でも、それはジルが虐められていたのを見てみぬふりをしていたってことだろう？　それは本当に優しいと言えるのか？」

確かにライア様の疑問ももっともだ。

ただ、家族の中では兄さんが一番無害な存在には変わりない。

「やはり、制服を借りるのはよそう。買えばいいだけの話だ。せっかくの学園生活をわざわざ借り物で始める必要はない」

ライア様はそう言って俺の頭を撫でる。

最近なぜかこうやって頭を撫でたり、さっきみたいに距離を詰めたりが多くなったけどどうしたんだろう。正直そのせいで心臓がいくらあっても足りない。

「すみません、でも……」

「謝るな。それに私は、ジルと一緒に学園に行けるのが楽しみで仕方ないんだ。できればジルにも同じ気持ちでいてほしい。だからそんな申し訳なさそうな顔をするな」

それもそうか。せっかく新しい制服を買おうと言ってくれているのに、落ち込んだ顔でいてもライア様は嬉しくないだろう。

「ありがとうございます。俺もライア様と一緒に学園に行けるの、すごく楽しみです」

頬が熱くなるのはわかったけれど、感謝を伝えたくて精一杯の笑顔で返す。

一瞬、頭の上にあるライア様の手が止まったけれど、そのあと髪型が崩れるぐらい激しく撫でられた。

「えっ、ど、どうしたんですかっ⁉」

「今のはジルが悪い」

「え？　ええっ？」

わ、わけがわからない！

でもライア様が嬉しそうだから、まぁいっか。

こうして着々と準備を進め、慌ただしい日々を過ごしていたらあっという間に登校初日がやってきた。

「ライア様、準備できました」

「よし、じゃあ行くか」

ちゃんと背丈にあった服を着て、プリンシア学園指定の鞄を手に玄関を出る。

「セバスさん、ナティさん。行ってきます」

俺は笑顔で手を振りながら、これからの学園生活に胸躍らせて馬車に乗り込んだ。

第二章　次男、学園に通う

「ライア様！　おはようございます！」

「婚約解消は本当ですの!?」

「今日も美しいですわ……このあとのご予定は……」

俺は馬車を降りて、すぐにできた人だかりに、圧倒される。

「ま、まじか！　これが本当の、モテの世界……！」

一方ライア様は、隣で盛大に舌打ちをした。


公爵家からプリンシア学園までは、だいたい馬車で四十分ほど。学園には寮もあるが、通えない距離でもないので、ライア様は自宅通学しているらしい。

俺は初登校に胸を躍らせつつも、半分予想していた。

ライア様は頭もいいし、顔も美しい。身分も申し分なく高い。

そんなライア様が学校でどんな風に扱われているか。

それはそれは、おモテになるだろうと！

だから馬車から降りた瞬間、わぁと集まってきた人だかりに俺は驚愕するとともに興奮もしていた。

こんなの少女漫画でしか見たことない。ライア様の美貌って本当にすごい。

ちょっと非現実的な光景に内心どきどきしながら「じゃ、俺先に行ってるんで」と言ったら「場所もわからないのにどうするんだ」と腕を掴まれ、俺の細やかな心遣いは無に帰った。

「……ちっ」

ライア様は隣で再度舌打ちをすると、さっきまで馬車で和やかに話していた雰囲気を一変させ、

「うるさい。今婚約に興味はない。わかったなら散れ」

と絶対零度の風を吹かせた。

冷気に当てられたご令嬢たちは「ヒッ」と言って、本当にそのまんま散っていく。

「おぉ……すごい。本当に散っていった」

「さ、今のうちに行くぞ」

いつもこんな感じの対応なのか、ライア様は慣れた様子で歩き出す。

プリンシア学園は国内一の学校だけあって広いし豪華だし、まるで城みたいだ。

確かにライア様の言う通り、案内なしに目的の教室まで辿り着くのは無理だっただろう。

教室に行く途中も何回か声をかけたそうにしている乙女たちがいたが、ライア様が出す「話しかけたら殺す」とでも言わんばかりの冷徹目線ビームにあえなく撃沈していった。

「ここが、一限の教室だ」

「やっと着いた……覚えるまで時間がかかりそうですね」

しょっぱなからくじけそうになりながらも、ライア様のあとに続いて教室に入る。

すると一気に教室が静かになり、教室中の視線が突き刺さった。

「ライア様だわ」

「隣にいるのは誰？」

「シャルマン家の次男らしいぞ、ほら、婚約解消の」

「え、あの出来損ない？」

その視線が好意的なものではないとすぐにわかった。

学内という狭い世界では、ちょっと違うだけで異物と認識されるし、それは前世でも痛いほど身に染みていた。

だから覚悟してここに来たつもりだけれど……

やっぱり嫌な記憶が目の前に散らつく。

扉を開ける震える手。

心ない机の落書き。

クラスメイトの面白がる目線。

心臓が早鐘を打ち、背中に冷や汗が垂れる。

だんだん視界が狭まってきて、あ、やばい、と思ったとき——

「ジル、一番後ろの席でいいか」

「あ、はい」

ライア様の涼やかな声が、いつの間にか止まっていた俺の呼吸を取り戻させる。

ライア様は周りの刺さるような視線も、わざとらしい話し声も、まるでなかったかのように堂々と歩いていく。

この閉鎖された空間の中で、ライア様の周りだけが息のできる場所だった。

「……ライア様、ありがとうございます」

席について一呼吸置いたあと、小声でライア様にお礼を言う。

「なんのことだ？」

ライア様はとぼけたふりをしているが、俺にはすぐにわかった。

すり鉢状の教室の一番後ろの窓際の席。ライア様が右側、俺が窓の近くの左側。クラスメイトの視線を遮るように座ってくれている。

「ありがとうございます」

俺はもう一度、お礼を言う。

それと同時に、ああ、やっぱり、ライア様が好きだなと思ってしまう。今世だけじゃなく、辛い前世の記憶からも救ってくれた。そんなの、好意を寄せないほうが難しい。

俺は少し顔を俯かせながら、とくとくと鳴る心臓を必死に抑えつけていた。

それからすぐに一限の先生が来て、授業が始まった。

前世の学校と違って入学式はなく、すぐに授業が始まる。新入生はオリエンテーションがあるらしいけれど、高等部五年生ともなればそんなのいらないらしい。

「ひぃ……初日からこんなに指されるとは」

「先生も、この時期から来る新しい生徒が気になるんだろう」
一、二、三限が終わり、束の間の休息時間。
いくらか教室の空気にも慣れてライア様へ愚痴をこぼした。

今のところ、どの授業でも「お、君新しく見る顔だね、じゃあシャルマン君で」といった感じで、情け容赦なく指されている。しかも質問の内容が前年度の復習範囲だから、付け焼き刃で覚えた学習内容でぎりぎり食いついていると言った感じだ。

「正直、気が気じゃないですよ」

「でも全部合ってたじゃないか。さすがジルだ」

「それはライア様が丁寧に勉強を教えてくださったおかげです」

「ははっ、それはそうだな。私の教え方がうまかったか」

敢えて媚びを売るように言ったからか、ライア様も笑いながらわざと調子に乗った返答をする。

このとき、教室中で、

「えっ⁉　ラ、ライア様が人を褒めてる⁉」

「笑った顔、初めて見た……」

「てか先生に指されて全部答えてるあいつ、本当にシャルマン家の次男か？」

とざわつく声が聞こえたのは、多分気のせいだろう。

なんとか四限の授業が終わり、いつもならこのあと昼休憩をはさんで五、六限授業があるのだけど、初日の今日だけはない。

てっきりこのまま家に帰ると思っていたら、ライア様が「食堂はやっているから食べて帰ろう」と誘ってくれた。公爵家の使用人たちも用意していないだろうし、とのことらしい。

ライア様に連れていかれるがまま、迷宮のような学内をぐるぐる歩いていると、食堂と思しき入り口に辿り着く。ただ、豪奢すぎて食堂というより城の広間みたいだ。

「結構、人いるんですね」

「ここは寮生の食堂も兼用しているからな。だからだろう」

ライア様のあとに続いて食事を受け取ると、適当な六人がけテーブルに二人で陣取った。正確にはライア様がテーブルに近づいたら座っていた人が退いた。

ライア様も「いつものことだ」と言っていたし、もうここまで来たら驚かない。

遠巻きに見られる視線の痛さはあるものの、ライア様の近づくなオーラのおかげで人だかりは朝以外できなかった。

「いただきます！　んっ、公爵家のご飯も美味しいですけど、ここも美味しいですね！」

メニューは肉とパンと野菜数種。なんの肉でなんの野菜かわからないけど、ソースに酸味が効いてて美味しかった。

「舌だけ無駄に肥えた名家の子供が通うからな。苦情対策だ」

少し毒の混じった言い回しに苦笑いしながらも、普通の学食より何倍も豪華な食事を口に運ぶ。

「俺、誰かと学食を食べるのが憧れで……すごく嬉しいです」

「そうか。まぁ私も、誰かと食べるのは初めてだ」

ライア様は前世の俺と違って有能すぎて浮いていたんだろうけど、それでも異分子として扱われていたのには変わりない。

なんだか似たような傷を共有できて嬉しくなる。でも、そんなことわざわざ言う必要もないか、とフォークを動かそうとしたとき……

「あら、ライア様お久しぶりです。お友達を連れているなんて珍しいですね」

「……珍しいとは一言余計だな」

ライア様の冷徹目線ビームも近づくなオーラもものともせず、俺たち二人の前に現れたのは、一瞬息をするのを忘れてしまうぐらい、美しい女性だった。

白に近いブロンドのロングヘアーと大きな瞳を強調するまつ毛が、ドールハウスのお人形を彷彿とさせる。食事のトレーを持つ手首も折れてしまうんじゃないかと思うぐらい細くて、思わずまじまじと見てしまった。

瞬間、

「わぁぉ……いてっ！」

脛に痛みを受けてライア様が机の下で軽く俺の足を蹴ったと気づく。

「見すぎだ」

「ふふっ、面白い方。ライア様、ご紹介してくださる？」

「はぁ、どうせ知ってるくせに……」

ライア様のこんなに露骨に嫌そうな態度をするのは初めて見た。

この人、ライア様とどういう関係なんだろう？

謎の美少女は「お隣失礼しますね。で、この方は？」と言うと、なにも答えていないライア様の隣にすっと座る。

「はぁ、こちらはジル・シャルマン子爵令息。シャルマン子爵の次男にあたる」

ため息まじりにライア様が俺を手で示して紹介してくれた。

一応軽くお辞儀をする。

「あら、そうなんですね。私はフェル・メネシアと申します。一応ご存じかもしれませんが、第一王子、アル・サルタニア様の元婚約者でございます」

彼女は微笑みながら自己紹介してくれた。

「ああ、第一王子の元婚約者……元婚約者!?」

俺が叫んで立ち上がるのと、ライア様が天を仰ぐのは、ほぼ同時だったように思う。

「はい。ライア様とは婚約解消された側、仲間ですの」

と、と、ということは、彼女から見れば、リリーは婚約者を奪った張本人ということで……

「そ、その節は、ま、誠に申し訳ございませんでしたっ！」

俺は直角九十度に腰を曲げて、全力謝罪をかました。

「そんな、顔を上げてください」

「そうだぞジル。こいつに謝る必要はない」

「いやいや、でも……」

なぜか関係ないライア様が一番大きな態度をしているけど、相手からしたら憎い妹の兄だ。絶対にいい気持ちはしないだろう。なんなら恨んでいるはず。

「私は本当に気にしていないのです。それに、私はジル様に大きな借りがございますの」

「借りですか？」

「ええ、とりあえずお座りになってください」

そこまで言われては立ち続けるのもな、と思い大人しく座る。周りの視線も痛かったし。

「このたびの婚約解消で一番の被害者はジル様、あなたでございますわ」

「え？　いや、それを言ったらフェル様やライア様だって」

「私たちはいいのです。婚約者を繋ぎ止めておけなかった、こちらにも原因がございますもの」

「思ってもいないこと」

ライア様の小声は確実に俺とフェル様にだけは聞こえたが、彼女は無視した。

「でもあなたはまったくの無関係。なのに、ライア様の下で奴隷のような」

「フェル様、それは違います」

ライア様がなにか言う前に、俺の声が先に出ていた。

「ライア様は俺にちゃんと働いた分のお金をくださいました。もちろん、部屋も食事もちゃんとしたものを与えてくださいました」

「あら」

しんっと静かな食堂に俺とフェル様の声が響く。

大勢の学生がいる前でライア様を悪く言われたくなくて、俺は話を続ける。

「それに、こうして学園にも通わせてもらっています。実家にいたころには想像もできなかった生活ばかりです。だからもし、フェル様が俺を心配してくださっていたのなら大丈夫です。ライア様は俺によくしてくださっています」

そこまで言うと、なぜか満足げなライア様。

「だ、そうだ。お前の心配は杞憂だったな」

「ふふ、そうですね。私の思慮が足らず、失礼な態度をお許しください」

「お前の失礼な態度は今に始まったことじゃないだろうが」

「あら、そうでしたか？」

「……お二人は、仲がいいんですね」

ピキッと聞こえたのは、空気が凍った音だろうか。

「おい、ジル。なんで今のやりとりでそう思うんだ！　こいつは裏工作をして何度私を嵌めたか」

「あら、ライア様ひどい。でもジル様、私とライア様が仲がいいだなんて、たとえご冗談でも面白くないですわよ？」

「えっ、あ、す、すみませんっ！」

なんか二人だけの空間って感じだったから、ちょろっと言ってみただけなのに。

ものすごい勢いで怒られてしまった。本当に二人は嫌い合ってるらしい。

「いえ、わかってくだされればよろしいですわ。あと、私と第一王子の婚約破棄でジル様にご迷惑がかかったのは変わりません。もしなにか困りごとがあれば、ぜひ頼ってくださいね」

「それはありがたいですが」

この人、本当に頼っていいのかな。

ライア様が嫌う人に頼っていいのか、俺には判断が難しい。

どうしようかな……と頭を悩ませていたら、もっと悩ませる種が飛んでくるのが視界の隅に入った。

「あ！　ジル兄さま！」

「こ、この声は！」

遠くに見える食堂の入り口から俺に手を振りつつ歩いてくるその姿。

綺麗にそろえられたボブカットに、見る人を魅了する愛くるしい瞳。

それは俺の妹、リリーにほかならなかった。

フェル様とライア様の後方に入口があるため、二人には見えていないはずだ。けれども声だけで誰かわかったのだろう。

フェル様は表情に出さないようにしているが、ライア様は露骨に「最悪だ」という顔をする。

そして、リリーと腕を組んでいる長身イケメンは……

「アル様もご一緒のようですね」

俺の慌てる様子を察したのか、フェル様が小さくため息をつく。

やっぱり。ブルーの瞳とウェーブがかった金髪はアル・サルタニア第一王子ご本人らしい。見た目はまるで絵本に出てくる王子様そのものだ。

そんなすごく目立っている二人は、周りのどよめく声など気にせず、俺たちのテーブルの前で立ち止まる。

にしても、我が妹よ。どうして婚約解消した相手の前でそんな堂々としていられるの？　お兄ちゃんとしては、もう少し気まずそうにしたほうがいいと思う！

「ジル兄さま、お久しぶりです！　あ、ライア様もフェル様もお久しぶりでございます！」

「や、やぁ、久しぶり」

「お久しぶりでございますわ、リリーさん」

きっと久しぶりに会う俺に挨拶したいから、最初に俺に挨拶したのだろう。だからライア様とフェル様への挨拶が後回しになったのはわかる。

でもまず最初に目上の人に挨拶しよう？　お前のお父さんが払った高額な教育費を、こういう場で生かしてくれ！

「……」

ほら、ライア様、挨拶しないじゃん！

「私の婚約者を無視するとはいいご身分だな。ライア」

「いいのです、アル様。私が婚約解消をしたのだから……」

「リリー。君がそんな気を遣う必要はない」

いいや、あるよ。

というか、ここで二人だけの空間を作らないでほしい。怖くてライア様の顔が見れない。

「ありがとうございます、アル様……それにしても！　ジル兄さま、この前までボロ雑巾みたいだったのに、すごい肌艶がよくなって！　私とても嬉しいですわ！」

ライア様の殺気がこれでもかってぐらい強まる。

うん。わかります。わかりますよ、ライア様。人のことボロ雑巾とか言う女、むかつきますよね。

でも、リリーに悪気はないんです！

そう、リリーのもっとも質《たち》の悪いのが、悪気がないというところだ。小さいころから、思ったことをそのまま口にしてしまうし、オブラートに包むことができない。そのかわりおべっかを使ったり、嘘をついたりもしない。そこが素直で可愛いと甘やかされ育った結果がこれだ。

簡単に言えば天然で可愛い。悪く言えば頭がすごく足りてない。だからさっきのボロ雑巾発言も、本当に俺がボロ雑巾のように見えていたんだろう。そこにわざと傷つけてやろうという悪意は介在しない。だから俺はまったく怒りが湧かない。

「あはは……それはライア様がよくしてくださってるからね。それで、リリーはどうしたの？」

ここに来たということは用件があるということ。それを早く聞いて退出したい！

「あ！　そうだ！　今日はジルお兄様が学園に通われると聞いてご紹介しようと思いましたの！こちら私の婚約者アル・サルタニア様です」

「あ、初めましてジル・シャルマンと……」

「お前か。シャルマン家の足をひっぱっている、出来損ないのクズは」

それは一瞬の出来事で、頭で認識するよりも早く俺の手は掴んでいた。

ライア様の殴りかかろうとする腕を。

「……ジル離せ」

「ラ、ライア様、それはダメです！」

ここで王子と暴力沙汰になれば、絶対ライア様が悪者になる！

それだけは、なんとしても避けないと！

「ライア様、落ち着いてください。それにリリーさんも失礼ではなくて？」

「え？」

張り詰めた緊張感の中、フェル様の静かな声がこの場を支配する。

「私とライア様は婚約破棄されて傷心中の身……そこで新たな婚約者を紹介されては思うところもあるというもの」

「はっ！　そ、そうですよね！　わ、私ったら！　配慮が足らず申し訳ございません！」

「ライア様、俺からも妹の非礼を詫びますから。どうか……」

「……わかった。ジル、すまない」

必死の思いが伝わったのか、俺への謝罪は小声で言うと、ライア様は大人しく座る。

「ふっ、フェルに感謝だな。ライア」

ライア様はキッと王子を睨みつけるが手は出さない。

それに、アル様の言い方はイラッとさせるが言ってることは正しい。王子の発言がよくないものだったとしても、殴りかかろうとした事実は大問題になる。そこを、フェル様が俺の妹へ話を逸らしてくれた。

鮮やかな手腕、さすが侯爵家のご令嬢だ。

「ライア様、フェル様。このたびは妹の非礼を許してくださりありがとうございます。それじゃあ、リリー、もう用件は済んだかな？」

暗にもう帰れと言ったのだけれど、リリーにそんな配慮が伝わるわけもなく、

「いえ！　まだジル兄さまにはお話ししたいことがあって、だからお二人は席を外してもらえませんか？」

おいおい、目上の人を動かす発言かよ！　そこは俺たちが動く側じゃん！

さすがの行いに頭が痛くなる。

けれどフェル様は怒ることなく、

「わかりましたわ。私たちが席を外しましょう」

と言ってくれた。でも、

「いや、私はジルを一人にできない」

実家での扱いを知っているからか、それともさっきのことがあったからか、ライア様は俺の身を案じて残ろうとしてくれた。

まさか、自分を心配してくれる人がいるなんて。

数か月前だったら想像できなかった事実に、胸がいっぱいになる。

——もしなにかあっても、俺にはライア様がいる。

それだけで、大丈夫だと思えた。

「ライア様、俺は大丈夫です」

「…………」

無言で見つめるライア様の瞳は「本当に大丈夫か」と問いかけているようだった。

だからゆっくり息を吸ってライア様を安心させるように、もう一度言う。

「俺は大丈夫です。またあとで会いましょう」

少し考えを巡らせたあと、ライア様は俺の言葉を信じてくれたようだ。

「わかった。中庭の東屋にいるから、なにかあればすぐに来い。食堂を出たら目の前にある」

「わかりました」

俺の返事を聞くと、リリーと王子をひと睨みしてからライア様はフェル様とともに食器を持って席を立った。

去り際に、座っている俺の耳元に顔を近づけると、

「無理するなよ」

と肩に手を置き、心配するように囁いてから食堂を出ていった。

ライアとフェルの密談

食堂を出てすぐの中庭には白を基調とした東屋が立っている。周りからは丸見えだが、声は近くに来ないと聞こえない。見晴らしがいいため、近づいてくるやつはすぐにわかる。

そんなフェルと誰にも聞かれたくない話をするときに使う場所がこの中庭の東屋だ。

「それにしても、あそこまでお馬鹿さんだとかえって可哀そうですね」

「ああ、そうだな」

フェルは誰にも聞こえないのをいいことに辛辣な発言をする。

でもそれより私は一人残してきたジルが心配で、上の空で返した。

「誰もなにも注意しないというのも罪作りですわ」

「それは、私への嫌味か」

「あら、ライア様はご自身で気づいて立派に成長されたじゃないですか」

フェルは昔からこうだ。話すことすべてに裏があるように聞こえる。

今の発言も、リリーとアルのことを言っているのか、私が荒れていたときのことを言っているのか。多分どっちもだろう。

「それにしても浮かない顔をされて、そんなにジル様が心配ですか？」

「そうだな。でも、本人が大丈夫と言ったんだ。考えても仕方ない」

領地報告業務が終わったあとだし、今すぐジルの実家がなにかしてくるとは考えにくい。アルもイラつくやつだが、人に威圧感を与えることしかできない小心者だ。人がいる前で傷つけるようなことはしないだろう。

でも、早く会いたい。あんなやつらに、ジルを一瞬でも関わらせたくない。

「ライア様、大丈夫ですか？」

「ん？　ああ、なんでもない」

かなり険しい顔をしていたらしい。私は無意識に作っていた表情を元に戻す。

「それで？　お前が東屋まで来たってことはなにか話でもあるんだろう？　婚約解消の謝罪でもしに来たか？」

「まぁ、なぜリリーさんではなく、私がライア様に謝罪をしないといけないのでしょう？」

本当にわからない、とでもいうようにフェルは首を傾げるが、そんなので騙されていては公爵は務まらない。

「この婚約解消のせいで私は港を得られず、またいつ来るかわからない不作に怯えることになった。でも、メネシアからしたらどうだ？　外国との貿易港を独り占めできてさぞ嬉しいだろう」

「あら、独り占めなんて人聞きの悪い」

でも、婚約解消のせいでメネシア侯爵家が得をした点については否定しない。

ということは、私の推測はあながち外れてはいないのだろう。

「お前からしたら公爵家の邪魔はできるし、先行き不安な第一王子じゃなくて、品行方正な第二王子に乗り換えられる。ただ、思わぬ形でジルが巻き込まれたから、先ほど謝罪に来たんだろう？」

赤く色づき始めた木々が風でざわめく。

フェルは一呼吸分の間を置いたあと、

「もし、ライア様の妄想が本当だったとして」

と枕詞をつけ足す。

往々にしてフェルがこんな言い回しをするのは、私の憶測が当たったときだ。

「私の想定より、事が早く進みすぎています」

「早く進んでいる？」

フェルは真剣な眼差しで頷く。

「確かにあなたとリリーさんの婚約はメネシア家の立場としては阻止したい案件でした。それに関して、少々根回しをしたことは否定いたしません。でも私が婚約破棄されるのは想定外だったのです。私はまだ第二王子との接点がないですし、もしあれば夏休み中に動き、四年次の始まりには婚約を発表していたでしょう」

「確かにな。フェルの計画にしては、流れがよくない」

「それだけではありません、今回の領地報告業務もおかしいのです。関税の税率変更は王室への納税額の引き下げ……メネシア家にとっては嬉しいことなんですが、事前に知らせが届かなかったせいで遅れての提出となってしまいました。我が侯爵家の立場ではだいぶリスクを負ったと思いませんか？」

フェルの言う通り、遅れて提出となると外聞がよくないし、王室の信頼を裏切ることになる。もしメネシア家が裏で手を回していたら絶対に間に合うようにしただろう。

「でも私みたいに交易が少ないならまだしも、ほとんどの貴族が間に合うわけがない。それに今回は遅れても罰則がないしな」

「あら、ご存じでしたか。公式発表は明日ですのに」

公爵の権力に頼っているほかの貴族や昔からの人脈、ほかにもセバスや使用人から集めた情報で、それぐらいの話だったら私にも入ってくる。

けれど今回はメネシアのほうが一枚上手だった。

「でしたら、ライア様のほかに間に合った貴族がいたのもご存じですか？」

「なんだと？　どこだ？」

「第一王子派閥です」

「あの烏合の衆が？」

それは初耳だ。第一王子派閥と言えば聞こえはいいが実態はお粗末なものだ。権威も下火の第一王子に群がり、少しのおこぼれをもらおうとする無能集団。私やメネシア家のように事業をするわけでもなく、領民からの搾取しか考えないようなやつらばかりだ。

「なぜ間に合ったかはわかりません。ただ、アル様が関わっているのは確実でしょう」

「くそっ、第一王子派閥か……あいつらがいるからアルも調子に乗るんだ」

「ふふ、昔はそう呼んでいましたね」

懐かしい八年前の記憶が頭中をかすめた気がするが、今はそんな思い出に浸っている暇はない。

「そんなことより、じゃああいつらは、関税の税率が変わるのを前から知っていたと？」

「ええ、でも事前に知っていたところで今回は提出遅延に対する罰則はないですし、第一王子派閥に関税で儲けられそうな人もいません」

「なるほどな……」

フェルの話を信じるならば、おかしな点が三つある。

ひとつめは、アルと身分の低いリリーの婚約。

ふたつめは、貴族には得、王室には損になる税率の変更が認められたこと。

三つめは、特別儲けにもならないのに、その変更を先に知っていた第一王子派閥の存在。

「今回の件、一番得をするのはメネシア家だが、その話しぶりでは関わっていないようだな」

「ええ。ですので、ライア様にご相談しておきたかったのです。今回の婚約破棄の件と関税の件、私以外の何者かが関わっています」

「一番怪しいのはアルということか」

「はい。ただ、アル様のメリットになるものがひとつもないのです」

「確かにな……」

身分の低いリリーとの婚約は本人の意思かもしれないが、政治的に見たら損でしかない。

あの小心者がいくら恋心があるとはいえ、そんなリスクを負うだろうか？

「ええ、ただなにか大きなことが起こる前触れのように私は思えるんです。だから今は、ライア様と仲良く過ごせたらと……」

　フェルの直感は恐ろしく当たる。だから今回の件に関してはお互い協力しましょう、ということか。

「……わかった。なにかあったらまた教えてくれ」

「ありがとうございます。でもこれとは別で、私ライア様にお願いがあるんです」

「お願い？」

　フェルがわざわざお願いと言うなんて、嫌な予感しかしない。

「ライア様は第二王子のルイ・サルタニア様と『最優秀奨学生《モナークスカラー》』同士、仲がよいと聞きました。ですので、ぜひ私を彼に紹介していただけませんか」

「……お前が自分で最優秀奨学生《モナークスカラー》になればいいだろう」

「私にはそんな頭はございませんわ」

　やっぱり予感が当たった。

　最優秀奨学生《モナークスカラー》はすべての教科で最優秀評価Sの成績を取った者に勝手に与えられる称号だ。学費、学食の無償化だけでなく、称号自体が大学や貴族界で一定のステータスになる。

　ただ、私は別になりたくてなったわけじゃない。

　周りに舐められないように過ごしていたら、称号がついてきただけだ。

「確かに私は最優秀奨学生《モナークスカラー》だが、別に第二王子とは仲良くない」

「でも、お会いする機会はございましょう？」

「まぁ、なくはないが」

私には得がないのにフェルの願いを叶えるのもなんだか癪だ。

「先ほど私がいなかったらどうなっていたかもうお忘れになってしまいましたか？」

わざと渋い顔をする私に彼女は痛いところを突いてきた。

「それを今出すか」

「ふふ、でもいつものライア様なら気が昂って王子に手を出す真似なんてしないのに……よほど、ジル様が大事なのですね」

「……ああ、そうだな」

私が素直に肯定するとは思っていなかったのだろう。

いつもなんでもお見通しのフェルが演技抜きで驚くのがわかった。

「そこまで彼は有能なのですか？」

フェルが探りを入れるように問いかける。

「有能なのは確かだが、それだけじゃない」

ジルが有能だから大事にしたいとか、離したくないと思っていたら、あそこでアルに殴りかかっていなかっただろう。

それに、好きになるのに決定的ななにかがあったとは思えない。

でも、この二か月でジルは確実に私の心を変えた。

冷酷非道という噂にもかかわらず、過剰に恐れず、一緒に仕事をしてくれるところ。

ずっとここにいたいと言ってくれたこと。

これまでそんな風に接してくれる人はいなかった。

きっと、その積み重ねが人間関係を冷めた目でしか見られなかった私を、徐々に変えていったのだと思う。

「あら、ライア様に素敵な方が現れたようで私、安心しましたわ」

「ま、そういうことだ。だからジルになにかしたら覚えておけ」

「ふふ、肝に銘じておきますね」

フェルは小さなころからの幼馴染。両親が生きていたころの私も知っていれば、荒れていたときの私も知っている。

そう考えると、フェルにも大分お世話になった。第二王子に紹介するぐらいなら引き受けてもいいか。

「わかった。ルイ様にお会いする機会があったらお前のことを紹介しておく」

「ありがとうございます」

「じゃあ、話はこれで終わりか？」

「ええ、そうですが……ここでジル様をお待ちにならないのですか？」

私が食べ終わった食器のトレーを持ったので、フェルが不思議そうに問う。

「そうだな。ここまで待っても来ないなら、きっと困っているのだろう。だから迎えに行く」

「お優しいですね。私、ライア様とジル様のこと、応援しておりますわ」

『応援』という言葉に、歩き出そうとした足が止まった。

「なぁ……この前ジルに『ライア様に好きな人ができたら、応援します』って言われたんだ」

私は図書室での出来事を思い出す。

「だから私はてっきり、ジルは私に興味がないと思ったんだ。だって、少しでも私に思いを寄せていたら応援なんてできないだろう？　でもジルは私に想い人がいないと知ると心底嬉しそうにしたんだ。まるで、私が独り身なのを喜ぶかのように」

「さようですか」

それだけが謎だった。

私の恋路を応援するのは私をそういう目で見ていないからだと思っていた。ただの雇い主、もしくは主人だと思っているのだろうと。

けれど、ジルがたまに見せる照れた顔や独り身で喜ぶ姿は、まったく脈がないようには……

「もし私であれば、好きな人に好きな人がいなかったら嬉しいですわ。だってそれは、その人と恋仲になれる可能性があるんですもの」

もしかしたら「ライア様が恋愛相談なんて、ふふ」なんて馬鹿にされるかとも思ったが、フェルは意外にも真剣に考えてくれたようだ。

「それはそうかもしれないが、もしそうだったとして、好きな相手が自分以外の者と恋愛してて、どうして応援できる？」

「そうですね……好きな人が自分以外と恋愛するのを仕方ないと諦められたら、私だったら応援するかもしれないですね」

「仕方ないと諦めたら？」

どういうことかわからず、首を傾げる。

「はい。好きな人と自分が付き合えないとわかったら、あとは恋仲になるのを諦めてその人の幸せを願うしかないと、私は思います」

「でも諦めるって、そんなすぐに諦められるのか？」

「そうですね……自分には釣り合わないとか、自分なんかには無理だという思い込みの激しい方でしたら、最初から恋愛関係になることを諦めているかもしれませんね。だって、自分が誰かに好かれるという考えがないんですもの」

「……自分が誰かに好かれるという考えがない」

言われてみれば、ジルは恐ろしく自己肯定感が低い。

あそこまで頭がいいのにもかかわらず「誰でもできますよ」と言うし、実家の扱いが酷くても少し前まで自分が悪いからと言っていた。

「そうか、なら相手に好意を寄せられていると、自覚させるところから始めればいいのか！」

「なにか解決したようでよかったですわ」

「ああ。フェル、ありがとう」

少し前の自分だったら絶対フェルにこんな相談はしなかっただろう。自分が公爵家の仕事や学園の勉強ばかりで、人間関係や恋愛に疎いという自覚はある。

だからこそ周りと距離を取り、弱みは人に見せないようにしてきた。

でも今は、話してよかったと心から思う。

そう思えるのも、ジルと出会ったおかげだ。

「ライア様が素直にお礼を言うなんて明日は雨かしら」

「ふん、なんとでも言え」

またなにかチクチク言われたくなくて私はそのまま東屋を出る。

中庭に吹く風は先ほどと違って静かに凪いでいた。

◇　◇　◇

——そのころ、食堂では……

「それで話ってなに？」

リリーとアル様が席に座るのを待ってから話を切り出す。

妹だけならフランクに話せるのに、まさか王子まで一緒だとは。額に薄く汗をかく。

「あのね、ジル兄さま。単刀直入に言うとお家に帰ってきてほしいの」

リリーがあざとさ満点の上目遣いでお願いしてくるが、俺は見慣れているのでなんにも思わない。

しかし、お家に帰ってきてほしいか……

「ブランがいるからいらない、って追い出されたのに。なんで今さら、俺を引き戻したいの？」

「それがね、急にブランがポンコツになっちゃったのよ！　前までは普通だったのに、全然仕事ができなくなっちゃって！　それでお父様、毎日怒鳴っていたらしいわ」

リリーは俺がブランの仕事をしていたと知らないから、急にポンコツになったと思っているんだろう。

にしても父も、よく今まで気づかなかったな。俺とブランじゃ字が全然違うし、文体も微妙に変わってるのに。ちゃんと納税報告書読んでいたのかな？

毎日外に出かけて遊んでいるみたいだし、書斎で仕事をしている姿なんてほとんど見たことがない。そういえばいつ仕事しているんだろう、あの人。

「それにね、領地報告業務だっけ？　そのあたりからブランがいなくなっちゃったのよ！　急遽ウェス兄さまが帰ってきたから間に合ったけど……本当に大変だったんだから！」

「え！　当日間に合ったの？」

「うん。なんかウェス兄さまは大変そうだったけど、当日出かけていったわ」

俺とライア様とセバスさんでも倒れそうになりながらやっていたのに。

俺の家の規模なら、そこまで変更の影響はないのだろうか。でも、兄さんは恐ろしく頭がいいし、なんとか間に合わせたのかも。

「それでね、ブランの代わりに人を雇ってるんだけど……あの仕事量を一人でできる人がいなくって、今は五人も雇ってるのよ!?」

「え？　あの仕事、五人もいるかな？」

「ジル兄さまもそう思うでしょ!? だから今、家計が火の車なのよ! お父様から来年の学費払えないかもって聞いて……」

リリーは急に目をうるうるさせ、泣きそうな表情をし始めた。

「でも、ジル兄さまが帰ってくれれば使用人五人分のお金は浮くから、そしたら学費払えるかもしれないって……だから、ね？」

「え、いや、ちょっと待ってよ、それってリリーの学園生活のために、俺が実家でただ働きしろってこと？」

「そうなっちゃうけど……私はアル様と結婚するのに学園卒の資格が必要じゃない？ でも、ジル兄さまは違う。だから実家にいるほうがお家の役に立つと思うの」

ということはなんだ。

私は王子と結婚して家の役に立つから、お前は実家で家のために働けと、そういうことか。

一見、リリーの言い分は正しいように聞こえる。

でもそれは、前の自分だったら、だ。

「……わかった。それで？ 俺は婚約解消の違約金代わりに追い出されたけど、そのお金はどうするの？」

リリーは俺が実家に帰ることを了承したと思ったのだろう。さっきまでの涙はどこへやら、嬉しそうな顔をする。

「ありがとう、ジル兄さま！ お金はアル様が出してくださるわ」

「そうですか」

今までずっと黙っていたアル様を見る。

アル様は俺に興味なんかないようで、視線も合わさず苛立たしそうに腕を組んでいる。

さっきから思ってたけど、この人常に不機嫌そう。よく見ると疲れた顔をしているし、攻撃的な態度が多いのももしかしてストレスのせい？

「アル様、大丈夫ですか？」

「なに？　お前ごときが私の金の心配をしているのか？　そこまで落ちぶれてはないぞ！」

「あ、いや別に、そういうわけではなくて、す、すみません」

体調を心配するつもりで言ったのにあらぬ誤解を招いてしまったようだ。

しかも怒り方もヒステリック気味で少し怖い。

「もう、ジル兄さまったら失礼なんだから。じゃあ、実家に帰ることは私からお父様に連絡して」

「あ、リリー、俺は実家には帰らないよ」

リリーの笑顔が固まるのを、冷めた目で見ている自分がいた。

「え、ジ、ジル兄さま？　先ほどわかったって」

「それはリリーの考えがわかったってこと。帰るなんて一言も言っていない」

「なっ、そ、それはダメだ！」

驚いたことに、リリーが一番反対するかと思えば、さっきまで興味なさげにしていたアル様が反対してきた。

「そ、そうよ！　ジル兄さまは困っている家族を放っておくというの!?」

「貴様そこまでのやつだったとは！」

「ア、アル様、落ち着いてください！　それにリリー、昔からよく言っていただろう？　少しは頭を使わないとダメだよって」

「え？」

アル様が怒鳴ったので心臓がどきどきするが、俺はちゃんと家に帰らない理由を話さないといけない。

「違約金はアル様が払ってくれるんだろう？　それならなぜ、最初からそうしなかったの？」

「え、いや、それは」

「それに、そのお金で使用人を雇えば俺が帰る必要はないよね？」

「でも」

「リリーだって学園で学んでいるんだ。算学の処理ぐらい手伝えるはず。どうしてそれをせずに俺の自由を奪って解決しようとするの？」

「……」

リリーはショックを受けたように押し黙る。

ちょっと考えればわかりそうなことにも気づかないなんて。

今まで感じなかった苛立ちが仄かに漂う。

「認めなよ。俺のことは犠牲にしてもいいって思っているんだろう？　それはそうだよね。父上もずっと俺をそうやって扱ってきたし」

前の自分ならこれが実家のためにできることだと争わずに従っていたかもしれない。それが出来損ないの俺に対するふさわしい扱いなのだと。

でも、今は違う。

「俺は俺をまっさきに犠牲にすることしか考えない家族より、俺を認めて大切に扱ってくれる人のそばにいたい。それっていけないことなのかな？」

ライア様は俺に居場所をくれた。俺の能力を評価してくれて認めてくれた。

家族はひとつもしてくれなかったこと。

「で、でも！　い、今まで、一度もそ、そんなこと言わなかったじゃない！　だ、だから」

「だから俺を使って解決しようとしたの？　確かに、反抗しなかった俺も悪いと思う。じゃあ、改めて言うよ。俺は嫌だった。出来損ないとして、当たり前に扱われるの」

みんなが与えられている服が俺にはないとき。同じテーブルでご飯が食べられないとき。学園も社交界も行かせてもらえないとき。

それがなにもできない俺に対する正当な扱いだと、自分自身を騙す日々だった。

でも、もうその日常に俺は戻れない。

俺の能力を評価し、人として大事にされ、俺のために怒ってくれる人に出会ってしまったから。

俺は彼のために生きたい。

実家には帰れない。

「アル様、妹のために大金まで用意してくださり、ありがとうございます。でも、俺は家に帰りません」

俺は呆然としている二人を前にはっきりと自分の意思を伝える。

「リリー、今までちゃんと話せなくてごめん。それに、本当はもう婚約解消の違約金としての契約は終わっているんだ。だから違約金も払わなくていいと思う。もしアル様がよろしければ、用意してくださったお金はリリーのために使っていただけませんか？」

「ジ、ジル兄さまがそう思っていたなんて……わ、私、い、今まで」

なぜかリリーが目から涙を溢れさせて、俺に頭を下げようとする。

「ちょ、ちょっと、リリー！　な、泣かないで！」

「ジル、貴様！　リリーを泣かせるとは！」

「え、いや、そ、そんなつもりじゃ！」

や、やばい！　まさかここで泣くとは！　アル様もすごい怒っちゃってるし！

ど、どうしよう！

「おい、これはどういう状況だ」

そんな地獄絵図のテーブルに現れたのは、困惑ぎみのライア様だった。

「ラ、ライア様！」

まさに救世主とはこのこと！

俺一人で大丈夫だと思っていたが、全然大丈夫じゃなかった！

「ジル、大丈夫か？」

「え、えっと、み、見ての通りです」

「おい、お前、リリーを泣かせた責任をどう取るつもりだ！」

ひ、ひぃ！　俺は泣かせるつもりなんてなかったし、勝手にリリーが泣いたのに責任ってなんだよ！　ほんと、こういうとき女の子の涙はずるい！　泣いたらそれ以上、なにも言えないじゃないか！

「アル様、私が、勝手に泣いたのです……ジル兄さまを責めないでください」

俺の心の中を読んだかのように、そのまんま同じことを言うリリー。

リリーの発言に今にも手が出そうなアル様の殺気が少し落ち着いた。

「ご、ごめんなさい、ジル兄さまのお考えはわかりましたわ。ジル兄さまが実家に帰らないように済む方法を、考えます」

「あ、ありがとう、リリー」

とりあえず納得してくれたようでよかった。

これでまた泣き出す前に、早くこの場を退出し——

「だめだ」

「え？」

「お前は実家に帰らないといけない」

まさか、リリーより反対してきたのはアル様だった。

「ア、アル様、私はいいのです。ジル兄さまの考えもわかりましたし、もうこれ以上迷惑」

「リリーは黙っていろ」

恋人に向けるものではない冷たい言い方に違和感を覚える。

アル様はリリーが悲しむから俺を実家に帰らせたかったのでは？　なのにどうしてこんなに反対するんだろう？

「どうした、アル？　リリーはもういいと言っているじゃないか」

「うるさい、黙れ！　それにアルと呼んでいいとは言っていない！」

ライア様への返答に怒りの沸点が達したのか、アル様はヒステリック気味にテーブルを叩く。

――ガッシャーン！

「きゃぁ！」

その拍子にグラスが床に落ち、ただでさえ集めていた視線がよりこちらを向いたのがわかった。

アル様は大きな音と怯えたリリーを見て正気に戻ったのか、自分の振る舞いの異常さに目が泳いでいる。

「す、すまない、リリー。少し頭を冷やしてくる」

アル様はなにかに怯えるように言うと、足早に食堂から出ていった。

「……アル様、たまにあんな風になるんです。でも、私にはなにも話してくれなくて」

「リリー……」

リリーは純粋にアル様が好きなのだろう。力になれないことを本当に悲しんでいるようだった。

「ふん、あいつの考えることなんてわからんな。それで、話は終わったのか？」

「あ、はい！　すみません、迎えにきていただいて」

俺は床に落ちたガラスの破片をハンカチで慎重に拾う。

ライア様もしゃがんで破片を集めるのを手伝ってくれた。

「いや、いいんだ。ジルが大切だから迎えにきた」

しかしそのあとに続いた言葉に動きが固まった。

拾いあげたグラスの大きな破片がスローモーションのように床に落ちる。

――パリーンッ！

再度大きく響いた音のおかげで、さっき集めていた視線がまた肌に刺さった。

「お、おい！　手に怪我はないか⁉」

「ひっ」

今の発言より俺の手のほうが大事なのか、ライア様に手を握られる。

俺はブワッと全身から汗が吹き出るのを感じて慌てて手を引っ込めた。

「ジル？　どうした？」

「あっ、いや、その」

どうしたもこうしたもあるか！

そんな、急に、大切とか！

たとえそれが公爵家の人材として言っていたとしても、嬉しいものは嬉しくて……

「ライア様は私にそんなこと、一度も言ったことない……」

隣でリリーが言った独り言は誰にも聞かれることはなかった。


プリンシア学園に通って早一か月。

肌寒い風が吹くようになり、季節はより秋めいてきた。

怒涛のイベントがあったのも初日だけで、それ以降は比較的穏やかな毎日を過ごしている。

授業はやっぱり大変だった。でもライア様がいるからなんとかやれている。特に、二人一組のグループ授業とか実技演習とか絶対一人じゃ浮いてできなかっただろうから、本当によかった。

それに、学園に来てからこの世界の解像度がすごく上がった気がする。

たとえば授業の内容。サルタニア王国の歴史や文学、政治経済を今まで全然知らなかったから、自分の知識幅が広がるようで嬉しい。

最初は大変だった先生の質問も段々と難なく答えられるようになってきた。

ほかには同性カップルが普通に過ごしていること。同性同士で手を繋いで歩いていても誰も気にしないし、当たり前のように受け入れられている。

最初見たときは驚いたが、同性愛に忌避感を持っているのは俺だけのようで、今まで狭い世界で生きていたと思い知らされた。

そんなこともあって、俺は毎日新しい発見があるこの学園生活が楽しくて仕方なかった。

「あの、ライア様って、できないことないんですか?」

「そうだな。サンドイッチを上手に食べることはできない」

「ははっ、確かにそうですね」

俺とライア様は四限の武術の授業が終わったあと、着替えて食堂で昼食を食べていた。

今は平和な時代が一五〇年以上続いているサルタニア王国だが、やはり戦の名残は残っているようで、体育ではなく剣術などの武術を主に学ぶ授業がある。

そして驚くことに、ライア様は頭だけじゃなく武の道も長けているらしく、師範となる先生と互角にやり合っている。その美しく剣を振るう様はみんなの憧れの的で、ライア様のときだけ、生徒の見学率がすごいことになっている。見上げた校舎の窓すべてに誰かしらいるぐらいだ。

もし今が戦の時代だったら、きっとライア様は甲冑を着て馬に乗って大地を駆けたんだろう。それはそれで絶対にかっこいいだろうなぁなんて妄想していたら……

食堂の遠くにリリーとアル様がいるのが見えた。

リリーもアル様も初日以来話しかけてこない。リリーは俺に迷惑をかけないようにしているのか、なるべく近付かないようにしてくれているようだし。アル様はあいかわらず、目が合うと睨んでくるけど。

「どうした？　ああ、リリーとアルか」

「あ、はい。そういえばずっと思っていたんですけど、ライア様はアル様を呼び捨てにするんですね」

密かに気になっていたことを質問してみる。

ライア様と学園に通うようになって、勝手ながら親密さが増した気がするのは俺だけじゃないようだ。ライア様もさっきみたいな冗談を言ってくれるし、聞きづらいこともだいぶ減った。

「アルとあとフェルも。親の関係もあって小さいころからの幼馴染なんだ。よく一緒に遊ばされていたが、身分なんて気にするような歳じゃなかったしな。だから今でも私はそう呼んでいる。本人は嫌そうだが」

「もしかしてわざと呼んでます？」

「ああ、そうだ」

少し悪い顔をして笑うライア様がおかしくて、俺も釣られて小さく笑う。

今は三人揃って遊ぶ姿なんて想像できないけど、きっと、幼いころは仲がよかったんだろうな。

ライア様は詳しくは言わないけれど、鋭い瞳が微かに柔らかくなったのを見てなんとなく察しがついた。

「さ、午後の授業も始まるし、もうそろそろ行くか」

「あ、はい！」

確かに午後の授業まであと十分という時間だった。

俺はトレーを片付けようと手に取る。

「ああ、いい。私が一緒に持っていく」

「え、あ、でも」

「重ねたほうが食堂の人も回収が楽だろう？　だから気にするな」

そう言って、ライア様は俺の食器を自分のトレーに重ねて颯爽と持っていってしまい、戻ってくるのを一人ぽつんと待つしかなかった。

俺は内心『まだこれは続いてるのか……！』と頭を抱えた。

というのも、これが一度や二度じゃない。

なぜか、学園に通い始めてからライア様の態度が異様に優しい！

馬車に乗るのも扉を開けて先に譲ってくれたり、重い荷物を持ってくれたり、もはや優しいを超えてお姫様扱いだ。

そりゃぁ、好きな人からこんな扱いされたら嬉しいけど、正直めっちゃ怖い！

前世も含めてこんな優しくされたことないから、本当にどうしよう。

一回ライア様に「な、なんか最近優しいのって裏があるんですか？」って聞いたら、ちょっと考えたあと「なくはない」って返されてしまったし！

裏ってどんな裏？　もしかして、法を犯す系!?

ライア様も戸惑ってる俺を見て楽しんでいるようだし、この態度はいったいいつまで続くんだ……！

「なぁ、あいつだろ、シャルマン家が人手不足なのに家に帰らない裏切り者」

「本当だ。よくここにいられるわよね。恥ずかしくないのかしら」

「ライア様に気に入られてるからってね」

人を殺してこいとか言われたらどうしよう……と悩んでいたところに、聞き捨てならない会話が聞こえる。

「え、俺って……ライア様に気に入られてるのっ⁉」

「気にするの、そこじゃないだろ」

「あ、ライア様！　いつの間に」

トレーを戻し終わったライア様が呆れたようにツッコミをいれる。

「最近増えてきたな。ジルを実家の裏切り者扱いする陰口が。大丈夫か？」

「俺は全然大丈夫ですよ。リリーともちゃんと話しましたし。そこまでひどくならないでしょう」

ライア様はわずかに眉をひそめたが、「そうだな」と言って頷いた。

――けれど、それから数週間後のこと。

最初は些細なことだったと思う。


「今」

「ああ」

ライア様にもわかったようだ。

二限から三限の移動中、廊下ですれ違う複数の生徒が明らかに俺を睨んでいた。

それは軽く噂話をするような優しいものではなく、軽蔑するような強い感情が込められていた。

「なんなんですかね？」

「さぁな。でも、嫌な予感がする」

このライア様の予感は数日後、悪い意味で的中することになる。

「あれ？」

「どうした？」

「いや、ここに置いたはずなんですけど」

四限の武術の授業後、更衣室で着替えようとしたら指定のワイシャツが見当たらない。鞄の中に入れたから、絶対そこにあるはずなのに。

「ええ、あれ高いのに」

「ライア様に買ってもらえよ、この裏切り者」

それは、鋭く刺さるように後ろから飛んできた。

「おいっ！」

ライア様が飛んできた言葉の元へ行こうとしたから、俺は無言でライア様の肩を掴む。

「ライア様、これは俺の問題です。自分でなんとかします」

登校初日にライア様に助けてもらったのを俺は忘れていない。

あのときは素直に感謝したけど、本当は少し悔しかった。前世でも同じ目に遭っているのに、成長していないと。

だから今度は俺一人で、前世からの負の連鎖を断ち切るんだ。

「今、言ったの君？」

「え？」

「ちょっと、ごめんね」

「お、おい！　なにするんだよ！」

俺は後ろにいた三人組の一人に近寄り、彼が持っていた鞄の中に手を突っ込んで目当てのものを探す。

指が布っぽい感触を掴んだので、そのまま引っ張り出したらワイシャツが一枚出てきた。

「君、ワイシャツ二枚持つ派？」

「あ、ああ！　そうだよ！」

「俺、ライア様と一緒にならないように、イニシャルが刺繍してあるんだけど、君のもそう？」

「……っ!?」

「もしそうならさ、イニシャルはG・S？　一緒なら、間違えた可能性も」

「く、くそっ！　な、なんなんだよ！」

なんなんだよ、はこっちだよ！　と言う前に、彼はまだ着替えられていないのに仲間を連れて逃げてしまった。

あー あ、名前だけでも聞こうと思ったのに。あとで名簿見れば、彼が誰だかわかるかな？

「ジル、刺繍なんてないだろ」

後ろを振り向くと、上半身裸でスラックスだけ履いたライア様が立っている。

まだ着替え途中なのか、引き締まった美しい肉体美が晒されていて俺は慌てて目を逸らした。

「あ、ばれちゃいました？　でもほかの二人は鞄開けっぱなしなのに、彼だけ隠そうとしたからそうかなって」

俺も急いで運動着を脱ぎ、奪い返したシャツを羽織る。このあとはお昼とはいえ、すぐに行かないと食堂が混んでしまう。ライア様に迷惑をかけないためにも、早く着替えないと。

「それに、手も震えてる」

「……………」

スラックスに伸ばす手が、ライア様の節くれだった手に覆われる。

一瞬息がつまって、体が動かなくなった。ライア様には俺の強がりも、お見通しらしい。

もし、なにかあったときの予習は完璧だった。相手がシラを切ったらサイズを確認すればいいし、殴られたら先生に訴える証拠になる。

でも、怖いもんは怖い。

殴られたら痛いだろうなぁとか。報復とか言って、もっと酷いことされたらどうしようとか。まだ弱い俺の心には、ありありと恐怖の映像がよぎった。

でも自分も強くなりたい。堂々と教室を歩くライア様の隣に、俺も胸を張って立っていたい。

その強い想いが己の恐怖心を薄まらせた。

「ジル」

「……はい」

でも結局ライア様にはバレていて、あまりにもダサい結果に声が小さくなる。

「無理はしないでくれ。でも、かっこよかったぞ」

ライア様はそう言うと、握っていた手を引っ張って俺を抱きしめる。

今までハグはしたことがあっても、こんなに優しい抱擁は初めてだった。

生身の肉体を薄い布越しに感じる。

胸にライア様の鼓動が移る。

「……はい」

鼻の奥がツンとした。

ライア様の優しさが、今だけは恨めしい。だって叶わないとわかっていても恋心が止められない。

どんどん好きに傾いてしまう。

「ジル、目を閉じろ」

声を出したら嗚咽が漏れそうで、黙って目をつぶった。まつ毛が涙で濡れる感覚がする。

ライア様は体を少し離すと、俺の顎を掴んで目元に柔らかいなにかを当てた。

「……目を開けていいぞ」

「……い、今のは？」

泣きそうなのがばれないように息を呑んでから言ったけれど、わずかに声が掠れてしまった。

「おまじないだ。ジルが無理をしないように。ジルが、怖い思いをしないように。私に、いつでも頼れるように」

そう言った唇が、鮮明に目に焼きつく。

多分、あの柔らかいものの正体はこれだ。でも頭で理解していても、ライア様のやったことがにわかには信じられなかった。

四限の終わる鐘の音がすると同時にライア様はまた、俺を抱きしめた。

慰めの接吻は、俺の求めているものとは違う。

でも、心臓は否応なしに跳ねたまま、しばらくおさまらなかった。


俺への嫌がらせはそれだけで終わらず、そのあともどんどんエスカレートしていく——はずだったのだろう。

が、俺はまったく意に介さなかった。

たとえ私物がなくなっても、ある程度の推察で持ってるやつは見つけられた。黒板の落書きも筆跡で誰が書いたか丸わかりだったから「ねぇ。これ君たち？」と、そいつの名前を呼んだら散っていった。

こういうのは舐められたら最後。

最初から強気でいかないと一生虐げられてしまう。

大事なものは肌身離さず、人気のないところには近寄らないなど、警戒度を高めて過ごしていたらいつの間にか誰も仕掛けてこなくなった。

「おい！　あいつを出来損ないって言ったやつ、誰だよ！」

「全然ライア様の金魚の糞じゃないじゃん！」

「知ってるか？　どんなに証拠を残さないようにしても、犯人を当ててるらしいぞ！」

「えっ？　それ人間？」

なーんて言われているなんて知るよしもなく、前まで一人震えているだけの自分から、新たにレベルアップできた達成感をひしひしと感じていた。

「ジルは探偵になれるな」

「え！　そ、そうですかぁ～！」

今日は季節外れの大雨で、ライア様と一緒に空き教室で帰りの馬車を待っていた。どうも雨で馬車が遅れているらしく、寮生も通学組もほとんど帰ったが、公爵家の馬車だけまだ来ていなかった。

「にしてもなんでいじめがこんなに大きくなったんだ。絶対に誰かが焚きつけているだろ」

俺は深く考えていなかったけど、ライア様は嫌がらせの原因を気に病んでいるようだ。足を組んで椅子に座り、机を苛立たしげに叩いている。

「まぁ、確かに。どうしても俺を実家の裏切り者にしたい人がいるんですかね」

言いながら、そんなことをしたがるのは一人しかいないだろうな、と思った。

「もしそう考えるなら。多分アルの仕業だろうな。もしリリーなら毎日ジルのところに直接来るだろうし、アルの性格ならわざとジルを学園にいづらくさせて、実家に帰そうとしてもおかしくない」

「あはは……でもこういう裏工作的なのは、フェル様のほうが得意そうですけど」

以前ライア様から聞いたフェル様の性格を踏まえて念のため、可能性がありそうな人を挙げたが、それはライア様にあっさり否定されてしまった。

「いや、あいつがジルに手を出すなんて馬鹿なことはしないだろう。前に牽制したし」

「え、牽制？　なんの話ですか？」

「多分犯人はアルだと思うんだよな」

ああ！　今、露骨に話を逸らした！

「でもリリーがいいって言ってるのに、なんでそこまでジルに固執するんだ？」

ライア様はそのまま強引に話を押し通そうとするので、深くつっこめずに話が進む。

「う、うーん、確かに。それにアル様、どこか様子がおかしいんですよね」

学食で初めて会ったときからアル様は変だった。異常な怒りと怯え。ヒステリック気味な様子は精神的に危うい感じがする。

「でもまぁ、もう落ち着いてきましたし、そこまで深く考えなくてもいいんじゃないですか？」

これでもっとひどくなるようなら真剣に考えたほうがいいけれど、もういじめは終息しつつある。

アル様も俺の固い意志を知って諦めてくれたんだろう。

「そうか？　でも犯人は多分アルなんだ……くそっ、ジルが苦しめられたのになにもできないのが悔しい」

「はは、俺のことなのに悔しがってくれて、ありがとうございます」

「当たり前だろ。それに俺のことなのに、じゃない。ジルだから、悔しいんだ」

そう言って、ライア様はテーブルの上に載せた俺の右手に左手を重ねる。

ピクッと動きそうになる体を慌てて抑えつけた。

ライア様は最近、俺に触れることが増えた。

手を握ったり、頭を撫でたり――慰めの、キスをしたり。

さすがに、唇が触れることはあの日以来一度もない。でも確実に肌が重なる頻度が増えて、そのたび頭の奥がじんとする。

もし俺に、「どうしてあのときキスをしたんですか?」と聞く勇気があったなら。今ごろ悩むことも、変に期待することもないのだろう。けれど表面上、学友として上手くいっているのに、その安寧を破壊する豪胆さは俺にはなかった。

「……俺のことはいいんです。それより、ライア様に迷惑がかからないか心配です」

すっと手を引っ込め――俺はさりげなくやったつもりだったけど、ライア様はわずかに眉をひそめた――膝の上で握り込む。

「今は俺だけでどうにかなっていますけど、もしこれで公爵家の評判が落ちることがあれば……」

「おい、ジル。そんなことは心配しなくて」

とライア様が言ったとき
――ガタッ!

扉が揺れる音と、誰かが駆けていく足音が響く。

「誰だ!?」

ライア様が走って教室の扉を勢いよく開けた。

しかしそこには雨音のみが響く廊下があるだけで左右を見渡したライア様は、「……誰もいないな」と言って戻ってきた。

「すみません、不用心でした」

最近嫌がらせもなくなってきていたし、気が抜けていた。後悔しても遅いが聞かれていい話ではない。

「いや、私も誰か来たら気配でわかると思って油断した。でも、この短時間で廊下からいなくなるのも無理だろう」

「じゃあ風か外の音ですかね？」

「ああ、きっとそうだろう」

それでもやっぱり気になって俺とライア様は馬車が来るまで今日の夕飯のことや今度の試験範囲など、当たり障りのない会話をした。

でももしこのとき、ライア様が隣の教室を見ていたら、運命は変わっていたかもしれない。


次の日、昨日の大雨とは打って変わって天気は朝から快晴だった。

気分がいいまま、二人で一限の教室に行くと……

「ちょ、これは！」

「くそっ、そうきたか！」

入ってすぐ目に入る大きな黒板には、

『ジル・シャルマンの自由を奪ったのは公爵様《デューク》か？』

と全面に書かれていた。

「え？　ねぇ、あれどういう意味？」

「それが、ライア様が婚約解消の慰謝料代わりとしてジルをこき使っているらしいぜ」

「え？　じゃ、実家に帰らないのも？」

「ライア様が許さないからだろ」

「そんな、やっぱり冷酷非道な人なんだわ」

「最近はそうでもないかと思ったが、違ったようだな」

俺は急いで字体を頭の中のデータベースと照合したけれど、見たことのない字で誰が書いたかわからない。

それにこの空気はよくない。

俺は自分の意思で実家に戻るのを拒否しているのに、これじゃあまるで労働を強制されているみたいじゃないか！

とりあえず、俺は黒板の字を急いで消す。

ライア様はなにか考えるように顎に手を置いたまま、動かない。

やっぱり昨日の会話が誰かに聞かれていたんだ。だから今度はライア様を標的に！

くそっ！　なんて俺は馬鹿なんだ！

ちょっと嫌がらせが落ち着いたからってこんなミスをするなんて！

後悔と焦りと迷惑をかけた申し訳なさで泣きたくなる感情に支配されかけていたとき、ライア様が黒板を消す俺の手に自分の手を重ねた。

「落ち着けジル。深呼吸しろ」

ライア様に言われて、いつのまにか上がっていた息を落ち着かせる。おかげで狭まっていた視界が少しだけ開けた。

「ジルはこの字を見たことがあるか？」

「……いえ、ありません」

慌てて消したから残された文字は後半部分しかないけれど、それでも俺ははっきり断言できる。これは今まで目にしたことのない人の字だ。

「そうか。じゃあ、この『自由を奪ったのは公爵様《デューク》か』だけよく覚えておいてくれ。たぶん他学年の者が書いたのだろう」

「……わかりました」

「じゃあ消すか」

ライア様が怒鳴らず黙々と消す姿を見て、逆にクラスメイトがざわつき始める。

「な、なんか拍子抜けだな」

「もっと怒るかと思ったわ」

「でも否定もしてねぇよな？」

「それって……」

俺もライア様も聞こえないふりをする。

怒ったら相手の思うつぼだ。それに疑心暗鬼の種が一度植えられたら、俺とライア様がなにを言ってもクラスメイトは信じない。

だからこそ、一瞬でも隙を与えてしまったことがひどく悔やまれた。

「おい、みんなどうした？　授業を始めるぞ」

俺とライア様が黒板の字を消している間に、一限の先生がやってくる。

同級生はみんなひそひそ話しながらも席に戻った。

俺もライア様と一緒に席に座ったけれど、それから四限まで俺はまったく授業の内容が耳に入らなかった。


「ジル、図書室に行くぞ」

そうライア様が声をかけたのは、四限の授業が終わってすぐのこと。

俺がライア様に迷惑をかけた罪悪感で死にそうになっている間、ライア様はライア様で別に考えごとをしていたらしい。昼休みの鐘が鳴るとひたすら謝り倒す俺を引っ張って、学園の図書室まで連行した。

「ライア様、本当にすみま」

「ジル、それ今日で何回目だ？　ジルのせいじゃないだろう？　もう耳タコだ。聞きたくない」

「で、でも」

「あー聞こえない！」

わざと子供みたいにいやいやと首を振るライア様に、俺は本当に申し訳なくなる。

だって俺が自分を責めすぎないように、この状況をあえて茶化してくれているから。

たった四か月、されど四か月。毎日一緒にいれば、気を遣われていることぐらいわかる。

「そんなことより。これを見てくれないか?」

「え? あ! これって!」

しょげている俺の目の前にライア様が出してきたのは、とある手書きの論文の一ページ。そこには『自由を奪われるのは、市民の生活と……』という一行があり、その字のはね具合や傾き加減はあの黒板に書かれたものとまったく一致していた。

「こ、この字、黒板の字と同じです!」

「やはりな」

「著者は誰なんですか!?」

開いていた論文を閉じ、表紙の文字を見ると『中等部卒業論文　アル・サルタニア』と書かれている。

「え、じゃあ、あの日廊下にいたのは!」

「ああ、それかあいつの仲間だったのかもしれないが。いずれにせよ、誰か手下にやらそうとしても、私相手じゃ誰もやりたがらなかったのだろう」

「だから本人が直接書きに来た!」

この前と同じ過ちをしないよう、俺とライア様は周りから離れた席で誰にも聞こえないように小声で話す。

それはそうだ。俺みたいな子爵家の者相手だったら誰でも気軽に手を出せるけど、公爵様相手に同じことをする馬鹿なやつはいない。

だとしたら、公爵より身分が上の王室クラスが自ら動くしかなかったということか。

いや、だからって気軽に手を出してほしくないけどね？

なんにせよ、これでアル様が関わっていることが明確になった。

理由はわからないけれど、なぜかアル様は俺を執拗に家に帰らせたいらしい。

「あ！　もしかして、俺があのとき黒板を消さずにいれば！」

「いや、筆跡だけじゃ認めないだろう。それに相手は王室だ。あいつを犯人に吊るし上げるのは、黒板の字だけじゃ難しい」

「くそっ、犯人はわかっているのに、なにもできないなんて！」

第一王子を訴えるということは、王室を敵に回すようなもの。

いくらライア様とはいえ、確固たる証拠がなければこちらが負けるのは目に見えている。

でもこのままでは俺のせいで、ライア様が悪者に……

「まぁ、私のことはどうでもいい」

「え？」

どうアル様を止めようか考えていると、衝撃の言葉が聞こえる。

「冷酷非道は間違っていないし、元から悪い評判ばかりだったからな。今と大して変わらないなら、このままでもいいだろう」

「は？」

「ジルへの嫌がらせが続くならなにか対策をするが、その必要もなくなった。向こうから手間を省いてくれてよかったな」

ライア様は本気でそう思っているのか、持ってきた論文を閉じて「さあ、学食へ行こう」と席を立とうとする。

だから俺は慌てて腕を掴んで座らせた。

「ん？　どうした？」

「い、いやいや！『ん？　どうした？』じゃないですよ！　なにも納得できません！」

なんで俺のことになると一生懸命になって、自分のことになるとそこまで疎かになるんだ！

確かにライア様はいい評判ばかりではないかもしれないけど、だからってやっていないことをそのまま認めていいわけではない！

「実際、確実な証拠がない今は、様子を見るしかないだろう？」

「そ、そうかもしれないですけど！　でもこのままどんどんひどくなっていったら！」

「そのときはそのときだ。私一人が悪者になって、ジルが助かるならそれでいい」

こ、この人は！

普段ならその優しさに救われるけれど、今は怒りすら感じる。

そうやって一人で全部背追い込んで助けたつもりになっても、俺はまったく嬉しくない！

「そうですか、そうなんですね。ライア様の考えはわかりましたよ」

「ジ、ジル？　きゅ、急にどうした？」

先ほどとは違って、低い声を出す俺に、ライア様が困惑の表情を浮かべる。

なにもわかってないライア様め。できればしたくなかったけど、あなたがそう来るなら俺にだって考えがあるんですよ！

「ライア様がそう言うなら、俺、実家に戻ります！」

「ちょ、ジル！　声が大きい！　というか、は⁉　え⁉」

「俺、ライア様に迷惑かけてまで、ここにいたくないです。だから実家に戻ります！」

俺が勢いよく席を立つもんだから、今度はライア様が俺の腕を掴んで座らせる番だった。

「待て待て！　とりあえず落ち着け！　な、なんでそうなる！」

「さっき言った通りです。俺はライア様の役に立ちたくてここにいるんですよ？　なのに迷惑になるなら本末転倒だ」

遠くにいる生徒数名が振り返ってこちらの様子を気にし始めたので、仕方なく椅子に座り声量を元に戻す。

「いや、それを言ったら私は、ジルが実家に帰らず済むように！」

「ライア様、違いますよ。俺は実家から逃げるために学園にいるんじゃない。ライア様の力になりたいから、ここに来たんです。だから、ライア様の足を引っ張るぐらいなら実家に戻ります」

「ジル……」

ライア様は無言で、俺が今言ったことを噛み締めているようだった。

しばらくお互い沈黙したあと、考えがまとまったライア様が先に口を開いた。

「ジルの考えはわかった。でも、私はジルに実家に帰ってほしくない。これでジルが帰ったら私も本末転倒だ」

「それなら一緒に考えましょ？　ライア様が犠牲にならず、俺も実家に戻らずに済む方法を」

「……そうだな」

俺の考えが伝わったのか、ふーと息を吐くとライア様は自分を悪者にするのを諦めたかのように、目を伏せて笑う。

「私の考えが間違っていたようだ。ありがとう、ジル」

「わかっていただけたようで、なによりです」

俺も、ライア様も悪くない。成敗しなければならないのは、この悪巧みを起こしている元凶だ。

まさかそれが、本当に第一王子だとは信じたくはなかったけれど。

でも、考えればなにかいい方法が見つかるはず。

ライア様のためにも、どうにかこの状況を打破しなければ！


ただ、それから一週間。

「さすが王室だな。簡単にはこの流れは止まらないか」

「うう……そうですね」

あれからなにもいい案が思いつかないまま数日が経ち、その間ライア様への疑心暗鬼の目はどんどんと加速していった。

さすがに公爵様だからか、物がなくなるとか黒板に落書きといった直接的な嫌がらせはないものの、ライア様が来ると一気に空気が重くなる。

逆に、ライア様への態度と反比例するように、俺へ向けられる眼差しは軽蔑から哀れみに変わり、手のひらを返したかのように優しくなった。それが気持ち悪くて吐き気がする。

現に今も食堂にしろ教室にしろ、生徒の目線がわずらわしくて屋上まで逃げてきてしまった。

あーあ、ちょっと前まであんなに楽しみだった学園もこんなに憂鬱になってしまうとは……恨むぞ、アル・サルタニア様！

「今日も天気がいいなぁ、ジル」

「ソーデスネ」

ライア様はそこまで気にしていないのか、俺の苛立ちを紛らわそうとしているのか、のんびりと柵に寄りかかり、憎らしいほどの秋晴れを見上げて話を振る。

俺は上なんか一切見ずに、地上にはびこる生徒たちを睨みながら感情のこもらない声で返した。

くそっ！　ここの生徒は自分の頭で考えず、勝手にライア様を冷酷非道だなんて言いやがって。

ライア様と出会う前の自分も似たようなもんだったのを棚に上げて、口に出さず罵っていたら、一際目立つ生徒が中庭のベンチに座ったのが見えた。

「あ、あれって」

「ん？　ああ、フェルか」

遠目でも溢れ出る美少女オーラは隠せないようで、日の光に輝くブロンドヘアーの少女は一発でフェル様だとわからせた。

「一人で本を読んでるなんて珍しいですね」

いつもは誰かしら人に囲まれているのに。

今日は誰も寄せつけないように本に視線を落としている。

「大体フェルが一人でいるときはなにか悪巧みでも考えてるときだ。ちっ、あいつを見るだけで嫌な予感がする」

「あはは、それはさすがに言いすぎじゃ……」

と、そのとき、俺は閃いてしまった。

『私ジル様に大きな借りがございまして』

『もしなにか困りごとがあれば、ぜひ頼ってください』

いつぞやの食堂での会話が想起される。そうだ、アル様も悪巧みしているのだ。

なら、こっちも、とっておきの悪巧みを――

「そ、そうですよ、ライア様！」

「ん？　急にどうした？」

「二人きりで考えるからいけないんですよ！　俺たちは正攻法しか思いつかないけれど、きっとあの人なら！」

毒をもって毒を制す。なら、悪巧みには悪巧みを。

この道のプロがいるのなら、その人に頼らない手はない！

「すみません、俺ちょっと、フェル様のところに行ってきます！」

「はぁっ!?　ちょっと待て、なんでフェルのところに！」

ライア様の声が届く前に、俺は急いで階段を下りて、フェル様の元へ向かう。

フェル様は本を読んでいたけれど、無理やり「すみませんっ！」と声をかけた。

「あら、ジル様ごきげんよう。そんなに急いで、どうされましたか？」

「それが、フェル様にご相談したいことがありまして……」

「ジルっ！」

後ろからライア様の声が飛んでくる。

それを見たフェル様が「あら、ライア様もご一緒ですか。なら東屋に場所を移しましょう」と提案した。

「おい、ジル。なんでフェルに頼るんだ」

「フェル様はアル様の元婚約者ですし、なにかご存じかもしれません。それに、俺らだけでこの問題を解決するのは難しいでしょ？」

「それはそうだが……」

「で、ジル様。お話とはなんでしょうか？」

東屋に辿り着くと、俺は渋い顔をするライア様を放っておいてことの顛末を話す。

フェル様はじっくり聞いたあとに、

「なるほど、そういうわけでしたか」

と神妙に頷いた。

俺だって本当は、ほかの人に頼らずに済むのならそうしたい。

フェル様だって、ライア様の味方なのか敵なのかよくわからない人だし。

でも正直、ここ数日で解決策は見つからないし、俺たち二人ではお手上げだ。

「初めてお会いした日、俺に借りがあるっておっしゃってましたよね？　ずるいとはわかっているんですが、今はフェル様しか頼れないんです」

俺は頭を下げてお願いする。

すると隣で、「私からもお願いする」とライア様も頭を下げていた。

「ラ、ライア様!?　いや、これは俺個人のお願いで」

「この状況をどうにもできないのは私も同じだ。なのにジルだけに頼ませるのも違うだろう」

「ライア様……」

「あらあらそこまで……かしこまりました。お二人の期待に応えられるかはわかりませんが、私でよければお手伝いしますわ」

俺らの誠意が伝わったのか、フェル様は優しい笑みで手助けを了承してくれた。

「あ、ありがとうございます！」

「ありがとう、フェル」

「いいえ、今回はジル様への借りのお返しということで、三人で協力しましょ」

心強すぎる助っ人が仲間になって、ほっと胸を撫で下ろす。

これでライア様の評判も悪くならず、俺も実家に帰らずに済むといいんだけど……

「でもさすがに、アル様は第一王子ですし、フェル様でも難しいですよね」

「そうですね……でもひとつだけ方法があります」

「え！　あるんですか!?」

俺らがあんなに必死に考えてもなにも出てこなかったのに、こうもあっさり思いつくなんて。

さすが元王妃候補。貴族の覇権争いを生き抜いているだけはある。

「で、それはなんだ？」

ライア様も気になるみたいで、フェル様の先を促す。

「それはジル様に、かなり頑張っていただかなければならないのですが」

「俺ですか？」

「おい、危険なことじゃないだろうな？」

「安心してください。身に危険が及ぶことではありません」

危険なことじゃなくて、俺が頑張ること？

それでこの問題が収束するって……どういうことだろう？

「え、えっと、具体的に俺はなにをすれば？」

フェル様は一度、ゆっくり瞬きをして言った。

「ジル様には最優秀奨学生《モナークスカラー》になっていただきます」

………最優秀《モナーク》、奨学生《スカラー》？

「なるほど？　でも今からか？」

「はい。ほぼ不可能とはわかっていますが、でもそれしか方法はありません」

「いや、ジルなら頑張ればいける」

「本当ですか？　ライア様、それは少々親バカでは」

「おい、親バカとはなんだ」

ライア様とフェル様のやり取りに俺は慌てて言う。

「ちょ、ちょっと待ってください！　え、えーっと。すみません、最優秀奨学生《モナークスカラー》ってなんですか？」

どこかで聞いた気がするけれど、どうせ俺は一年しかいないからと学園の制度はざっくりしか知らない。

ライア様は頑張ればできると言うし、フェル様は反対に不可能だというし。

最優秀奨学生《モナークスカラー》の難易度が全然想像つかないな。

「最優秀奨学生《モナークスカラー》は、すべての教科で最優秀評価Sの成績を取った者に与えられる称号だ。ジルならそんなに」

「え!?　い、今、全教科Sって言いました!?」

ライア様の説明に、盛大なつっこみを入れる。

ちょ、ちょっと！　そんなの、頑張れば取れるとかのレベルじゃないじゃん！

今学期から来た編入生が目指せるような成績じゃない！

「ああ、でも成績は十二月末の期末試験で決まる。それまで一か月ちょっとはあるし、今からやればジルならいける」

「な、なんでライア様は俺より自信あるんですか⁉　それに、全教科って実技科目も入りますよね⁉　俺、まったくダメでしたよ⁉」

実技科目は武術の授業だけだが、俺は剣も槍も一般人より下。毎回先生と生徒に笑われているのに、それを見て言ってるのかこの人は！

「ジルは弓が得意じゃないか。実技科目はどれか一種目でも合格すれば、Sをくれる」

「そ、そうは言っても」

「やはり不可能ですよね」

せっかく考えてもらったのに申し訳ないが、フェル様の言っていることのほうが正しい。

今の授業だって先生の質問に受け答えするので精一杯だ。

そんな俺が最優秀奨学生《モナークスカラー》なんて――

「いや、ジルならいける。だって、あのゼノウェル先生の質疑に毎回完璧に答えているからな」

「えっ⁉　あ、あのゼノウェル先生の質疑ですか⁉　ジル様、それは本当でしょうか⁉」

「え！　い、いや！　いつも『まぁ、悪くない』しか言われていないですよ⁉」

「『まぁ、悪くない』⁉」

ただでさえ大きい目を、より開いて驚くフェル様に、俺のほうが驚いてしまう。

それに『まぁ、悪くない』だよ？　それって成績Sからほど遠くない？

「高等部に最優秀奨学生《モナークスカラー》がほとんどいないのは、ゼノウェル先生の上級算学クラスのせいと言っても過言ではありません。それを毎回『まぁ、悪くない』と評されるのは」

「な？　親バカじゃないだろう？」

「ええ、私の読みがいい意味で裏切られたようですね」

えっ！　な、なんで今の流れでいけると思った⁉

「ま、待ってください、ほ、本当に俺が最優秀奨学生《モナークスカラー》を目指すんですか⁉　絶対無理ですよ⁉」

「ジル様、最優秀奨学生《モナークスカラー》は学費、学食の無償化だけでなく、大学や貴族界では一定のステータスになります。ライア様に学費を払ってもらわずに済む上、将来公爵家で仕えるならぜひあったほうがいい資格ですよ」

「えっ、そうなんですか？」

さすがフェル様。俺の行動理念を熟知していらっしゃる。

学費の無償化に加え、ライア様の役に立つというのなら、それは死ぬ気で頑張るしかないじゃないか！

「ふ、二人とも、本気で俺が最優秀奨学生《モナークスカラー》になれると思っているんですよね？」

「ああ、ジルならできる」

「私も、ライア様のお話を聞いてそう思いますわ」

あまりにも可能性が低そうなら別の案を考えてもらおうかとも思ったけど、二人がそう言うなら、俺の努力次第で最優秀奨学生《モナークスカラー》になれるかもしれない。

だとしたら……

「あ、でも待ってくださいよ？　これ、俺が最優秀奨学生《モナークスカラー》になったとして、どうやってアル様の嫌がらせを辞めさせるんですか？」

「ああ、確かにそうだな」

これで頑張って最優秀奨学生《モナークスカラー》になれたとしても、嫌がらせがなくならなかったら意味がない。今のところ、アル様からの嫌がらせと最優秀奨学生《モナークスカラー》になることが繋がる気がしないんだけど……

「あら、そこを説明していませんでしたね。今回の騒動を収める一番の方法は『実家で酷い扱いを受けていたジル様を救ったのは、ライア様だ』と周りにアピールすることです」

「なるほど。まぁそれが事実ですしね。でも……」

「そんな戯言を誰が信じるのか、ですよね」

そうなのだ。フェル様の言うことは正しいのだけれど、真実を言っても誰も信じてくれない。俺が言ってもライア様に言わされてる、になっちゃいそうだし、ライア様が言っても自作自演と思われてしまいそう。

それに向こうは第一王子で発言の説得力は圧倒的にこちらが不利。だから困ってるんだよなぁ。

「そこで必要になってくるのが最優秀奨学生《モナークスカラー》です。ジル様が誰もが認める実績をライア様のおかげで残せたとアピールできれば」

「事実だと信じざるを得ない？」

確かにそれはそうか。実績を残している人には説得力ありありだ。

「で、でも、アピールできる場がなければ」

「それも安心してください。前期の最優秀奨学生《モナークスカラー》には『新年度祭《ノイエス・ヤール》』でのスピーチタイムがあります」

「『新年度祭《ノイエス・ヤール》』？」

最優秀奨学生《モナークスカラー》に続き、イベントや制度について知らなすぎて恥ずかしい。

でもライア様もフェル様も、嫌がらずに優しく教えてくれる。

「王宮で一月初めに行われるパーティーのことを新年度祭《ノイエス・ヤール》と呼ぶんだ。貴族や学会の著名人、軍部も呼んで盛大に開かれる。最優秀奨学生《モナークスカラー》の奨学金は王室が出すからな。そこで決意表明をかねて、スピーチをするんだ」

「そんな行事があったんだ……」

言われてみれば一月初旬に家族みんなで着飾ってどこか行っていたな。

蚊帳の外の俺には関係ないと思っていたけれど、あれは新年度祭《ノイエス・ヤール》に行ってたのか。

「ええ、そのスピーチで、実家での酷い扱いとライア様の功績をアピールできれば、大勢の人がお二人を見る目が変わるでしょう」

「か、完璧じゃないですか！」

さ、さすがフェル様！　俺が成績Sを取ることが前提とはいえ、悪評を終わらせる一番効果がありそうな作戦だ！

あれ？　でも待てよ？

「これ、全然裏工作じゃないですよね？　なんなら実力で殴りに行ってますよね？」

「ふふ、そうですね。でもお二人は裏工作がお好きではないでしょう？」

「そ、そこまで気を遣っていただいて……あ、ありがとうございます！」

これで後ろめたい思いもせずに、ちゃんとアル様に対抗できる！　俄然やる気が出てきたぞ！

「でも私はジルの勉強を手伝うぐらいでなにもできないのか」

「そんなことはありません。私とライア様は、なぜアル様がそこまでジル様を実家に戻したがるのか、原因を探りましょう。でないとまたなにかされるかもしれませんから」

悲しむライア様を励ますように、フェル様が言う。

確かに今回の作戦はその場限り有効な手段で原因は解決していない。

なぜアル様が俺に固執するのか謎は謎のままだ。

「あと、ライア様はこれから一か月間ジル様と周りに優しくすること！　特に、ジル様をいじめているようなところを見られては、今の状況がより悪化してしまいますからね」

「安心しろ、元からそんなことはしない」

「周りにも優しく、ですよ？」

「……善処する」

なんだかお母さんと息子の会話みたいで微笑ましい。

「ジル様はお勉強を頑張ってください。一番重要な役割ですので、よろしくお願いいたしますね」

「は、はい！」

他人事だとニヤニヤして聞いてたから、慌てて返事をする。

「私はできるだけお二人のいい噂が広まるように根回ししておきますわ。それでは一か月先の期末試験まで、みなさま頑張りましょう！　では、えいえいおー！」

な、なんと可愛らしい掛け声！

これは一緒にやらないと！

嫌がるライア様の腕を掴んで、俺も「えいえいおー！」と腕を上げた。


ブレザーとニットだけでは過ごすのが厳しくなってきて、教室でも暖炉に火が入り始めたころ。

俺は寝る間も惜しんで勉強に励んでいた。

試験までまだ一か月弱あるとはいえ、俺は編入生。周りより遅れている自覚はあるし、ライア様ほど頭もよくない。となったら質より量だ。昼食を食べながら政経、お風呂に入りながら文学など、人より勉強時間を増やしてなんとか詰め込む。

「じゃあ、問題だ。サルタニア王国が東の大陸と平和条約を結んだのは何年前だ？」

「四十二年前です」

「正解だ。じゃあなぜこの決まりが……」

学校がある今日は、図書室の一番周りからよく見える席でライア様に勉強を教えてもらっている。

それこそ最初は噂話をするようなひそひそ声がうざかったが、仲良しアピールをするためにもお昼と放課後、ほかにも授業の空きコマなど毎日通いつめたら誰も気にしなくなった。

フェル様のご尽力もあってか、前ほどライア様への悪評も聞かなくなったし、ピークは過ぎた気もする。それでもやっぱりまだ信じている人は信じているし、俺のやることは変わらない。

それに試験勉強のおかげもあって、家でも学校でもライア様と一緒にいる時間がすごく増えた。ライア様も試験に出そうな大事なところや、先生ごとの出題傾向などを踏まえて積極的に教えてくれるし、休みの日に公爵邸の図書室で一緒にいると編入試験対策のときを思い出し、ふと懐かしくなる。

あのころ、学園に入ると決めたときからライア様への気持ちは変わっていない。

変わっていないどころか、より好きに傾いてしまっているのが現状だ。

「結果、それがお互いの要求に合致していたから、でしょうか？」

「ああ、正解だ。よし、じゃあちょっと休憩しよう。この本はもう戻して大丈夫か？」

「あ、はい。ありがとうございます」

学園に入ったときから始まっている甘い対応も、いまだに続いている。

ここまで来ると俺も慣れてきてしまって、ライア様の気遣いに一々かしこまることもなくなった。

正直、大事にされているとは思う。

でもそれは将来公爵家にとって貢献できる可能性が高いから、というだけで俺の求める関係とは違う。けれど必要とされている事実には変わらない。だから俺はそれだけで嬉しかった。そう、嬉しいはずなのに……

「ジル、どうした？」

「え？　あ、いや。なんでもないですよ！」

考えごとをしていたら、戻ってきたライア様に気づかなかった。平静を装うが、ライア様はまだ怪訝な顔をしている。

「なにか悩んでいるのか？」

「あ、いや、その……」

心配そうに覗き込んでくるライア様が俺に手を伸ばしかけて、戻した。

周りの目があるから触れるのを辞めたのだろう。

俺は思わず俯く。ライア様も、出会ったころとだいぶ変わった。鋭かった目つきは俺にだけには柔らかくて、励ましや慰めで触れることも多くなった。

そうなると、期待せずにはいられない。

ただの隣じゃなくて、特別ななにかでありたくて、だから今が辛くなりつつあって。

己の止まらない欲望が憎い。最初はそばにいられるだけでいいと思っていても、いつかは嘘になるだろう。

そして恐ろしいことに、そのいつかが、もうすぐそばまで来ている。

「……違いますよ。勉強大変だなと、思っていただけです」

なんとか心臓を落ち着かせて顔を上げる。

多分、顔は赤くないはず。今は課題に集中することで誤魔化しているけれど、試験が終わったらこの気持ちに整理をつけないと。

「そうだよな。じゃあ終わったらなにがしたい？」

「え？　あ、そうですね」

予想していなかった質問に、俺は思考を巡らす。

この試験が終わったらか……

確かに先のことを考えると気持ちが楽になるかも。

でも、特にしたいこともなぁ……

「あんまり思いつかないですね」

「ジルは欲がないな」

「あ、あはは……」

いや、全然ありますけど！　なんなら今それで悩んでるんですが！

「本当にないのか？　行きたいところとか、食べたいものとか。あんまり家から出たことないだろう？」

「うーん、そうですね……あっ」

そう言われれば、行きたいところがひとつあった。

「お、なにかあったか？」

ライア様はどこか嬉しそうに聞いてくる。

「はい、王立自然公園に行ってみたいです」

「あぁ、王都の中心地にあるやつか」

「そうです！　公爵邸のサンルームを見てから一度、大きな温室に行ってみたいと思っていたんです」

王立自然公園は王都の中でも広大な敷地を有し、市民の憩いの場となっている場所だ。噴水や季節の花が咲く広場もあるが、一番有名なのは国内一大きい温室。身分に関係なく誰でも入れるのも人気な理由だろう。

「あ、あとは市街地で買い物もしてみたいです」

ライア様からいただいているお給料もだいぶ貯まってきた。

初任給じゃないけど、試験が終わったら日ごろの感謝も込めてライア様になにかプレゼントしたいと思っていたんだよなぁ。

「そうだ！　ほかにもフェル様から美味しい魚料理のお店を教えてもらって」

「ふふ、欲がないのは間違いだったな」

「あっ、す、す、すみません」

ひとつ出てくると、あれもこれもとたくさん浮かんでくる。

俺は今まで自覚がなかったけど、もしかして強欲なのか？

「なんで謝る？　欲があるのはいいことだ。欲があるから頑張れるし、生きる希望になる。それにジルにしたいことがあって、私は嬉しい」

「え？」

ライア様は優しく微笑む。

最近よく見せるその穏やかな表情も、俺の好きを加速させている原因だと本人は知らないだろう。

「ジルは自分のためになにかしたいってあまり言わないだろう？　学園に来たのも、私の役に立つためだというし、今回の勉強だって私の悪評を取り除くためだ。だから、ジル自身にもやりたいことがあって安心した」

「安心した、ですか」

ライア様が安心したならいいんだけど。でもこうしていろいろ言えるのも実家じゃ絶対無理だ。ライア様が聞いてくれるから言えるんだよなぁ。

「ま、そういうことだ……あ」

「どうしました？」

ライア様が途中で会話を止めたので視線の先を見ると、ちょうどフェル様が図書室に入ってくるところだった。

誰かを探すように周りを見渡したあと、俺とライア様に気づくとこちらに向かってくる。

「ごきげんよう。お昼はだいたいここにいらっしゃると聞きまして、大変仲がよろしいのですね」

「ああ、私とジルはすっごく仲良しだ」

フェル様はわざとらしい小芝居をうって俺たちの前にきた。もちろん、アル様からの嫌がらせを解決するために三人で協力していることは秘密だ。

だから一般生徒からしたら、俺とライア様とフェル様はただの知り合い程度と思われているだろう。

ゆえに、たくさんの生徒がいる静かな図書館では、迂闊なことは話せない。それにライア様もフェル様も有名人だ。この空間にいる生徒が聞き耳を立てているのは間違いない。

そんな中でフェル様はなにをしに来たんだろう？

「あら、それはよかったですわ。ジル様は早くも試験対策ですか？」

「あ、はい！　ライア様の教え方が上手でなんとかなってます」

俺は変なことを言わないように、細心の注意を払いながら言葉を選ぶ。

「そうなんですね!!　私も勉強しないといけないとわかっているのですが、なかなか進まず……あ、そうだ」

フェル様は可愛らしく手をパチンと鳴らすと、俺ら二人を見つめておっしゃった。

「一緒に勉強会しませんか？」

「勉強会ですか？」

「ええ！　今週の土曜日に公爵邸でお勉強会をしたら楽しそうではありませんか？　私、そういう集まりが好きなんです」

隣でライア様が「休日まで会うのめんどくさい」と、口には出さずに表情だけで伝えている。

フェル様は気づいているだろうけど、わざと触れない。

「別に休日じゃなくても、昼一緒にここでやればいい」

しかし、ライア様もいつもみたく突っぱねるようには断れなかった。

というのも、ここで冷たくしてしまえば『やっぱり公爵様は冷たい人なんだわ』、『冷酷非道でジルをこき使ってるのも本当ね』と周りの生徒から思われてしまうからだ。

……もしかして、フェル様はそれを狙って今来たのか！

「それがお昼は忙しくて難しいんです。お休みの日でしたら、一日集中できるではありませんか？

それに公爵邸は静かですし」

「…………」

ライア様はどう断るか考えあぐねているのか、黙ってしまった。

よっぽど嫌なら俺も断る方向で話を合わせるけど……

「勉強会、楽しそうですね」

俺はフェル様の提案に乗る。

ライア様が少し驚く気配がするが、それでもみんなで勉強会をしてみたい気持ちが勝った。だってそういう青春っぽいこと、してこなかったんだもん！

さすがのライア様も二対一では強く反対できず、俺の一押しもあってさっそく今週の土曜日に公爵邸の図書室で勉強会を開くことになった。


そして来たる土曜日。公爵邸の図書館では、三人のペンを走らせる音が響く。

フェル様と俺が隣同士に座って、前に座るライア様から教えてもらっているけど……さっきから、痛い視線を感じるのはなんでだろう？

「ジル様すごいですわ。編入なのにここまでお勉強ができるなんて」

「いや、でも基礎知識が足りてないので、そこが不安なんですよね」

「あら、そうでしょうか？　私には完璧に見えますわ」

「え？　そうですか？　あはは、ありがとうございます」

俺が照れて笑い返すと、痛い視線がより鋭利になる。

「あ、あの……どうしたんですか、ライア様？　あ、もしかしてお腹空きました？」

視線の元へ顔を向けると、ライア様が不機嫌丸出しの表情でこちらを睨んでいた。

時刻はちょうど三時過ぎ。

俺は全然お腹が空かないけど、ライア様は成長期の男の子だからお腹が空いたのかな？

「違う、そうじゃない」

だが、残念ながら俺の予想は違ったようだ。

ライア様はぷいっと怒ったようにそっぽを向く。

隣で、フェル様がくすくす笑った。

「ふふ、ライア様ったら可哀そうに」

「え、俺、なにかしましたか？」

「いいえ、ジル様はなにも悪くはないですよ」

これは本当に俺は悪くないのか、それとも遠回しの忠告なのか。

フェル様だと本心がわからなくて判断が難しい。

「でも私はちょっと疲れましたわ」

「あ、じゃあ休憩にしますか？」

そこまで悩む必要もないのか、あっさりとフェル様が別の話を始めたので俺も休憩を提案する。

「ああ、そうしよう。集中力も切れてきたし」

ライア様も背けていた顔を戻して、俺の提案に賛成した。

本気で怒ってたわけではないみたいでひと安心。やっぱり、お腹が空いていたのでは？

「じゃあ俺、お茶となにかお菓子がないか、ナティさんに声をかけてきますね」

俺は席を立って、屋敷のどこかにいるナティさんを探しに行った。

ライアの嫉妬

なんでジルはあそこまで鈍感なんだ。

フェルににやにやして。こんな些細なことに嫉妬しているなんて、自分に問題があるのかもしれないが、にしても……

「ライア様。ジル様のことで悩むのはわかるのですが、せっかく二人きりになったので大事な話をしても？」

「やっぱりな。ここでないと話せないことが見つかったか」

まぁ、わざわざフェルが公爵邸に来たがるのは、最初からそういうことだろうと察していた。ただの勉強会と思っているのはジルだけだ。

「ええ、それで話というのは」

「待て、ジルが帰ってくるかもしれん。話はあとにしないか？」

できればジルを政治の闇に巻き込みたくない。

ジルは今まで軟禁に近い生活を送ってきて、やっと自由になれたんだ。なのに面倒に関わらせて悩む姿は見たくない。

そんな私の考えは、フェルにはお見通しのようで、

「それは大丈夫です。ナティさんに二十分ほどジル様を引き留めていただくよう、お願いしましたから」

と言った。

いつの間に？　と聞く前に、さっきフェルが席を立ったのを思い出す。なにも言わなかったからトイレかと思ったが、あのときにナティにお願いしていたのか。本当に隙がない。

「わかった。で、なにがあった？」

「九月にお話ししたときは、アル様にメリットがないのが問題でしたよね？」

「ああ、そうだな」

王室に不利益な税率の引き下げ、得もないのに情報を得ていた第一王子派閥、身分が低いリリーとの婚約。どれもアルにとって損にしかならないことばかりだ。

「それがアル様にとって大きな利益となるものが見つかったのですよ。行方不明のブランを探して

いたら」

「あいつは確か、八月ぐらいから姿をくらましたと聞いていたが？」

「亡くなっていたんです。シャルマン子爵家の領地で」

「本当か？」

『このままだと殺される！』

あのときの鬼気迫る様子は、嘘偽りなどではなかったのか。

「海釣りへ行って溺れたらしいですが、すでに遺体は焼かれたあとで信憑性がありません。そこで、事故があった海岸へ調査に向かわせたんです。そうしたらつい先日、『ある満月の夜に岸壁に大きな洞窟が現れ、たくさん外国船が入っていった』と書かれた調査報告書が挙がったんです」

満月の夜、岸壁に大きな洞窟……きっと大潮による、干潮のときにしか現れない秘密の場所だろう。砂州ぐらいしかない場所に、そんなものがあったなんて。

「しかも、大量の外国船か……」

「きっと海外の違法薬物でしょう。アル様は密輸入で得た薬物を、国内で売りさばくことで私腹を肥やしています」

「なるほどな……」

最近とある小国で中毒性の薬が流行り、大国に侵略されたと聞いた。

同じことがサルタニアでおきようとしているということか。

「でも相当な数の船を停泊させるにはある程度整備が必要です。けれど、アル様個人にそんな資金力はありません」

「そこは調べがついている」

ジルが一人勉強を頑張っている間、なにもしていなかったわけではない。どうにか手がかりがないかと調べていたが、いいものが見つかった。

「さすがでございます」

フェルが身を乗り出して聞いてくるので、私は声をひそめる。

「秘密裏に第一王子派閥の全員の財務調査をさせたんだ。王室への納税報告書もすべて見た」

「すべてですか？　それは大変だったでしょう」

フェルがびっくりしたようにこちらを見る。

時間はかかったが、作業としては書類を見るだけだ。

実際に子爵領まで人をやれるほど余裕がないこちらとしては、フェル側の労力のほうが大変だったように思う。

「それで全員の共通点がひとつあった。王室に納める税金において関税の割合が上がっていたんだ」

「なるほど……そういうことですか」

帳簿を見ると、王室へ納める税金の総額はそれほど大きく変化はなかった。けれど、他領との輸出入でかかる関税の割合が増えていた。

「しっかり見ないとわからないように、わざと複雑な書き方をしていたがな。だが、第一王子派閥はシャルマン領から魚や塩を大量輸入している。あれは違法薬物の隠れ蓑だったか」

「では」

「秘密の港を作るのに第一王子派閥から資金を集め、その代わりに、輸出入の関税を下げたと考えるのが妥当だろうな」

密輸入で一番お金がかかるのが、他領とのやりとりでかかる関税だ。

実際に輸入しているのは違法薬物でも、表向きは塩や魚を輸入していることになっているため関税の支払いは避けられない。

そこで『港を作りたいアル』と『密輸入にかかる費用を減らしたい第一王子派閥』が協力した結果、アルが密輸入の費用負担を減らすために関税を引き下げ、第一王子派閥が巷を作る資金を出したと考えられる。

……やっと今までばらばらだった出来事がひとつの形を成してきた。

アルの企みは密輸入で個人的資産を増やすこと。そこに第一王子派閥の関与は間違いない。

「そしたらリリーさんとの婚約も頷けますね」

「公爵家を介入させないためだな」

このまま私とリリーが婚約をしていたら、いずれシャルマン子爵領の中にある密輸入貿易港がバレてしまう。だから先手を打って邪魔者を排除した。

「でも、一番解決したい謎がそのままだ」

アルの悪巧みがわかっても、ジルを実家に帰らせることには繋がらない。

シャルマン子爵もアルとの婚約でもらった結納金で新しく人を雇うことにしたらしく、ブランの代わりにジルを実家に連れ戻す必要もなくなった。

なのにアルは、ジルを実家に帰すことに執着している。

「そうですわね。でも、この貿易港を摘発できればアル様は失脚。ジル様にも手出しできません」

「そうかもしれないが、王子を摘発となると相当骨が折れるぞ」

「ルイ様は確実な証拠さえ見つかれば、実の兄を処罰する覚悟がおありです」

「本当か」

同じ王室の第二王子が出てくるとなれば、証拠さえ見つかればアルを罰せられる可能性は高まる。

私やフェルでは証拠探し以外にも、根回しに時間がかかって摘発はずいぶん先になってしまうだろうから、それはいい知らせだ。

「はい。でも確実な証拠が必要です」

「ま、問題はそこだよな」

貿易港も怪しい書類も見つかっている。しかし肝心な物的証拠があるかと言われれば、適当にはぐらかされてしまうものばかりだ。

大規模な港の摘発は先に情報が漏れてすべて隠されてしまうだろうし、ただの漁船が停泊する場所だと言われてしまえばそれまでだ。

財務管理表も金額に多少おかしなところがあっても、内容はただの輸入取引。お互い『薬を取引しましょう』なんてわかりやすい紙面でもなきゃ意味がない。

「それにしても、アル様がここまでのことをするとは、思ってもいませんでした」

「確かにな。あいつに港を作る頭があるとも思えないし、資金集めの根回しや密輸入の財務管理もできるとは思えん。王室に誰か優秀な部下でもいるのかもな」

「じゃあ、そこから徹底的に調べましょう」

今後の方針も決まったところで、ジルが戻ってきそうな時間になった。

そろそろ話も終わりかというとき、フェルが悲しむように呟く。

「……アル様はどうして、そこまで資金が欲しかったのでしょうか」

「……さあな。ま、あいつは心配性だから、将来のことでも考えているんじゃないのか？」

私は適当に返事をしたが、二人ともある程度想像はついていた。

アルが変わってしまったのは、すべては八年前の事件のせいだと――

◇　◇　◇

「お待たせしました！　ナティさんが全然見つからなくて時間がかかっちゃいましたよ」

いつも外で洗濯物を干しているか、キッチンで食器を磨いているか、使用人部屋にいるかといった感じだったので、すぐに見つかるかと思ったのに今日は全然見つからなかった。

諦めて自分で用意しようと戸棚の茶葉を出したとき、やっとナティさんに出会えたのだ。

「ありがとうジル。わざわざ持ってきてくれたのか」

「まぁ、もしかして、ジル様が入れてくださったんですか？」

「あ、いや、そんな大層なものじゃないですけど」

途中まで自分でやってしまったものだから、ナティさんに丸投げするのも申し訳ないと思ってお茶だけは自分で入れて持ってきた。

マドレーヌがあるのでそちらに生クリームなんてどうですか？　とナティさんが素敵すぎる提案するもんだから余計時間がかかってしまったけど、でも絶対に美味しいからちょっと手間をかけてよかったかも。

「では、温かいうちに食べましょう……あれ？」

フェル様がなにかを取ろうとして、目をきょろきょろさせている。

そこで俺は砂糖とミルクを持ってくるのを忘れていたことに気づいた。

「あ、すみません！　砂糖とミルクですよね。俺とライア様、いつもなにも入れないから、忘れちゃいました。今とって……」

「いやいい。私がとってくる」

ライア様はそう言うと、俺がなにか言う前にすっと席を立って出ていってしまう。

「ふふ、ライア様ったら。ジル様にはお優しいですね」

「えっ、あ、はい。そうですね……」

幼馴染のフェル様から見てもそう映るのか。

じゃあ、やっぱりライア様の甘い態度は俺の勘違いじゃないのかな……

「そうですわ、ジル様。ライア様がいらっしゃらない内に秘密の話をしてもよろしいですか？」

「え？」

突然の内緒話に体が身構える。

フェル様が根っからの悪人ではないことは、今回協力してもらっているからわかっているけど、政治的にはライア様と敵対している人だ。もし変なことを頼まれたらどうしよう。

けれどフェル様は、意外な言葉を口にした。

「八年前のこと、ライア様からお聞きになりましたか？」

「八年前のこと……」

八年前とは、確かライア様のご両親が亡くなられた年だ。

詳しいことはセバスさんから聞いたけれど、あの話は無闇やたらに話していいことではない。

だから俺は「ライア様のご両親が亡くなられた年ですよね」と無難な返答を返した。

「ええ、そうです。あの火事でライア様のご両親は、とある子供を助けるために亡くなられました……。そして、その子供というのがアル様なのです」

「えっ!?」

フェル様の神妙な顔つきに、俺は驚きを隠せない。

だって、そんな、ライア様はアル様のこと、ただの幼馴染としか言っていなかったのに。

「ライア様のご両親は、逃げ遅れた第一王子を救うために亡くなられたのです。ライア様からすればアル様はご両親を奪った張本人」

「で、でも！　ライア様はそんなこと一言も！」

「ライア様は強い方です。困難を乗り越え、若くして公爵位を継げるほどの力が彼にはあります。だから、アル様のことももう自分の中でけじめをつけたのでしょう」

「そ、それは……」

フェル様はライア様のことを強いというが、それはライア様がそうせざるを得なかっただけじゃないだろうか。ライア様もライア様で苦しみ、葛藤していたのは間違いない。

「でもアル様は違いました。優しかった心は罪悪感に押し潰されて本心ではいつかライア様が復讐するのではと怯えているでしょう。ほかにも第二王子と比較され、王太子として認められない自分の無力さ、王室で居場所がなくなっていく恐怖。さまざまな要因がアル様を苦しめ、結果虚栄心で見栄を張ることでしか生きられなくなってしまったのです」

「……それが、今回の件にも関わっていると？」

「今はわかりません。でも、アル様は常に不安を抱えています。第二王子が王に即位して王室にいられなくなったらどうしよう。もし国にさえ残れなかったらどこへ行けばいい……そのときに備えて、危ないことをする可能性があります」

あの精神的に追い詰められている様子。周りすべてを敵対視している目。

今やっと、理由がわかった気がする。

「アル様は、いっぱいいっぱいなんですね」

「ええ。王室にいたくないからと王族では珍しく中等部から寮に入られていますし、それだけ彼にとって王室は過酷な場所なんでしょう」

アル様が寮生だというのも初めて知った。

王宮は通えないほど遠くないし、よっぽどのことがない限り、護衛の面でも通学のほうがいいだろう。

それでも家から離れたいのは、俺が想像するより王室は辛い世界なのだと思う。

フェル様は話したいことを終えたのか、ポットからお茶を注ぐ。

赤茶の液体とともに黒い茶葉が微かに混じっていて、俺はその茶葉がカップに沈むのを、ただただ見つめていた。

アルの密会

部屋にこもる人々を、外に誘い出すような冬晴れの日。

薄暗く人通りが少ない場所で隠れるように話すふたつの人影があった。

「アル、あんまり直接会いに来てほしくないって手紙に書かなかったかな?」

「ご、ごめんなさい。でも、もう限界で」

アルと呼ばれた青年は体を震わせ、俯くように声を絞り出す。

「あぁ、そんな怯えないでよ。君が大変なことはわかっているつもりさ。いつもよく頑張っている」

震える体を落ち着かせるように、もう一人の男がアルの肩を優しく撫でる。

「す、すみません」

「謝らないでって昔から言ってるだろう？　君は悪くないのに謝る癖がある。八年前の事故のときもそう。君は悪くない。周りがなんと言おうと、味方はここにいる」

「は、はい」

男の言葉に安心したのか、アルは緊張で固くなっていた肩を少しだけ緩ませた。

「それでジルはどうなった？」

しかし、続けて発せられた内容にすぐにまた体を強ばらせる。

アルを撫でていた男の手にも、それは伝わった。

「ら、来週には！」

「ふーん、そっかぁ」

明らかに機嫌を損ねた態度を見せる男に、アルはひどく動揺する。

もしこれで彼が自分を嫌いになってしまったら？　愛想をつかして目の前からいなくなってしまったら？　そしたらこの先どうすれば――

「す、すみません！　い、今すぐ」

突然大きな声を出したアルの唇に、男は人差し指を当てて黙らせる。

「声が大きい。誰か来たらどうするの？　大丈夫、こんなことで君から離れたりしないから」

男は軽い錯乱状態のアルを優しく腕で包み込み、宥めるように背中を撫でた。

「ジルの件は別に困っているわけじゃないから、しばらく様子を見よう」

「は、はい」

――でも意外だったな、ライア様とジルがそこまで離れないとは。

アルにはまだまだ役立ってもらうけれど、使えなくなる時期も近いかも。

男が内心でそう評価しているなどとは知らず、アルは腕の中で束の間の安息を得ていた。

◇◇◇

時の流れは早いもので、フェル様と勉強会をしてから数週間後には期末試験期間に入ってしまった。

大体期間は十二月下旬の二週間ほど。毎日試験があるわけではなく、自分がとっている科目がなければその日は休みと変わらない。

そういうところは大学みたいな制度だなぁと思いながら試験日程を確認すると、まさかの一番不安要素である実技試験が一発目だった。

「ああ……ライア様、やっぱり俺には無理ですって」

「やる前から諦めるのか？　セバスとあんなに練習したんだ。案外簡単に当たるかもしれないぞ？」

そんなことあるわけないじゃん！

ライア様につっこむ一言は心の中にだけ留める。すると、すぐに先生の声が校庭に響いた。

「次！　ジル・シャルマン前へ！」

「は、はい！」

俺はライア様に別れを告げ、弓の待機線の前に立つ。

「あのジルが当たるわけねぇよ」

「馬も乗れねぇしな」

クスクス笑う生徒たちに、苛立ちが募る。

くそっ、弓が得意と言って教えてくれたセバスさんまで馬鹿にされた気がして無性に腹が立つ。

「……絶対当ててやるからな」

静かに闘志を燃やしつつ、セバスさんに言われた通り右の手の甲に軽く唇をつけてから――これは心を落ち着かせるお呪いらしい――弓を構える。

「え？　あいつ、今なにしたの？」

「手舐めたんじゃね？」

そんな馬鹿にする声が聞こえる前に俺は手から矢を放っていた。

「え？」

「あ」

構えてすぐに風が止んだから、その瞬間を狙ったのだけれど……

「……あ、当たった？」

誰がどう見ても、的のど真ん中に矢が刺さっていた。

思わず笑顔でライア様のほうへ振り返ると「な？　言っただろ？」と言わんばかりのドヤ顔だ。

も、もしかして、俺って意外とできるんじゃない⁉

出来損ないと言われたジル・シャルマンの快進撃はこれで終わらなかった。

実技試験のあとに受けた政治経済学の筆記も、

「あ、あれ？」

三日目に受けた歴史文化学も、

「これは……」

総合科学の口述試験も、

「う、うん？」

ほかにも薬学・物理学・文学・外国語学などなど、いっぱい試験を受けたけれど……

「え、意外と簡単？」

「ジル君、今なんか言ったか？」

「な、なんでもありません！」

ゼノウェル先生の上級算学クラスの口述試験中だったのに、つい口から本音が出てしまった。

軽く先生に睨まれるが、俺の独り言は聞こえなかったようで安心する。

「まぁ、受け答えは悪くなかった。筆記試験の結果が出るまで成績はつけられないが、君なら大丈夫だろう。本日の試験は以上だ」

「あ、ありがとうございました！」

これですべての試験が終わったけど、やれることは全部やった。

ライア様の教え方が上手だったのか、ほとんど問題も解けたし！

残すは一週間後の試験結果の発表を待つのみ！


「それで本当に全部S取れると思います!?　普通無理じゃないですか！」

「はいはい、それだけライア様が教えるのが上手だったんですね〜。はい、ちょっと右見ててください」

ナティさんはもう聞き飽きたかのように、俺の話を適当に流しながら自分の仕事をする。

それでも俺は何回だって話してしまうのだ。

学校の掲示板に『最優秀奨学生《モナークスカラー》　ジル・シャルマン』と書いてあったときの衝撃を。

「掲示板の周りにすごい人だかりができてたんですけど、なぜか俺が行くとみんな避けるんです！　なんでかなって思ったら、そこに、俺の、名前が！」

「泣いちゃダメですよ？　腫れた顔で新年度祭《ノイエス・ヤール》なんて行かせられませんから」

また感極まって涙目になったあたりで、ナティさんが忠告を入れた。

「す、すみません、でも！」

「はい、これで完成です。うん、なかなかいいのではないでしょうか？」

ナティさんは俺の肩をぽんと叩くと、服が汚れないようにかけていた布を取り払った。

「あ、ありがとうございます、ナティさん」

今夜は新年度祭《ノイエス・ヤール》本番。

俺は一か月の涙ぐましい努力が報われ、無事最優秀奨学生《モナークスカラー》に名を連ねることができた。

だから今日、この日に王室に行くことができるんだけど、公式な集まりなんて行ったことがないから、正直なにを着ていいかわからなすぎる！　ってことでなにからなにまですべて、セバスさんとナティさんにお任せしたのだ。

でもまぁ、普段とそんなに変わらないっしょと、着替えて立ち上がり自分の部屋にある全身鏡へ移動したら……

「ええ!?」

鏡に映った己の姿に驚いてしまった。

服はライア様が着られなくなった正装をセバスさんが用意してくれたんだけれど、胸ポケットのハンカチや小物の使い方にセンスが溢れていて高級感のある仕上がりになった。

ヘアセットはナティさんが。俺の扱いにくいであろう茶色の短髪も少し切って耳にかけ、大人な感じに演出してくれたらしい。

「これ本当に俺ですか？」

「ええ、プリンシア学園最優秀奨学生《モナークスカラー》、ジル・シャルマンご本人ですよ」

ナティさんは嫌味などなく、本当に誇らしいとでもいうように俺の姿を見て言う。

そのちょっと口角を上げて、嬉しそうな表情のナティさんに俺も嬉しくなる。そのとき扉をノックする音が聞こえてきた。

「ジル、入ってもいいか?」

「あ、はい! 大丈夫です!」

この声はライア様かと振り返ると——そこには絶句するほど美しい貴公子が、お立ちになっていた。

「ジル、すごい似合っているな。ナティ、少しやりすぎじゃないか?」

「そうでしょうか? これでも前髪を上げないだけ、控えめですよ」

「うーん、まぁそうか」

あまりの輝きと胸のときめきに、二人の会話が入ってこない。

ライア様は細身のジャケットにすらっとしたパンツを、抜群のスタイルで着こなしている。それだけでも心臓がばくばくするのに、いつもは流している前髪を上げて少し髪の毛が目にかかっているのがよりセクシーで目眩がした。

「うん? どうしたジル、顔を真っ赤にさせて」

「あ、いや、そのな、なんでもないです」

ずっと無言で見ていたからか、ライア様が俺の様子を変に思ったようだ。

慌てて目線を外し、なにもないように振る舞う。

「本当に大丈夫か?」

それでもライア様は心配なようで、俺の髪をかけている耳に手を伸ばし、なぞるように触れる。

なるべく顔を見ないようにしているのに、近づくと香水の甘い香りがして意識が飛びそうになった。

「ライア様、ジル様。もうそろそろお時間です」

「もうそんな時間か」

ナティさんの言葉を聞いて、ライア様はぱっと手を離す。

やばい、やばい、本当にやばい。今日はライア様の顔がまったく見られない。

まだどきどきと脈打つ心臓に、必死に落ち着けと祈りながら胸を押さえた。

「じゃあ、今までジルを貶めてきたやつらに、最優秀奨学生《モナークスカラー》を見せびらかしにいくか」

「は、はい！」

俺より嬉しそうな笑顔を作って、部屋を出ていくライア様の後ろを、俺もついていく。

二人して意気揚々と馬車に乗り、揺られること数十分。

おそろしく豪奢で煌びやかな建物が現れた。

「ここが王宮！　か、格が違いすぎる！」

「確かに、初めて来たら驚くか」

新年度祭《ノイエス・ヤール》は夜に行われるので、日が落ちた王宮にはすでに明かりがついている。門から王宮の入り口までの庭の広さもさることながら、宮殿の大きさも見たことがないぐらいの規模だ。いったい使用人を何人雇ってるんだと思いながら、馬車を降りてライア様に続いて中に入った。

「あ、ライア様がいらっしゃったわ！」

「隣にいるのは噂の彼ですか？」

「ライア様もお元気そうでなによりです」

すでに新年度祭《ノイエス・ヤール》を行う大広間は人でいっぱいで、わぁとライア様の周りに人が集まる。

その光景が学園での初登校日と重なる。でも学園と違うのは大人が媚を売るように近づいてくることだ。ライア様も冷たい態度で接するわけでもなく、そつなく挨拶しているのを見るに、社交界で生きてきた長さが窺える。

いやぁ、これは大変そうだ。俺に社交界は向いてないやぁ、なんて思っていたら、ホールの入り口でざわめく声が聞こえてきた。

人々の視線の先には、美しいドレスを身につけたフェル様とその隣にいる金髪の青い瞳の美少年に注がれている。

「フェルと、第二王子のルイ様だな」

「あ、やっぱり」

ライア様は、権力に群がってきた大人を適当にあしらってきたのか、俺に近づき教えてくれる。

ルイ様はまだ成長期の途中なのか、フェル様とそこまで身長が変わらない。けれどその姿は、アル様を少し幼くさせたら同じなのでは、と思うほど似ていた。

ただ、全然違うのは自信に満ち溢れているオーラと澄んだ瞳。アル様のように暗いなにかは一切感じさせず、若いけれど確かに王の素質があるようだった。

フェル様とルイ様は俺らを見つけると、まっすぐにこちらに向かってきた。

「ルイ様、お久しぶりでございます。フェルはそうでもないか」

ライア様が先にルイ様に向かって頭を下げて挨拶をしたので、俺もそれに倣って頭を下げる。

「公爵殿、お久しぶりです。学園ではあまり会えず、残念です」

ルイ様はまだ十六歳。高等部に入りたてなのに、大人のような落ち着いた話し方をするあたり、頭がいいんだろうなと思う。

「で、こちらの彼はフェルが優秀だと褒めていたジル・シャルマン殿かな？」

「ええ、そうですわ。編入生ですが、今期の最優秀奨学生《モナークスカラー》の資格をお持ちなのですよ」

ルイ様の視線が俺へと移動する。

そんな、フェル様が褒めてたなんて、ハードルが上がってないか心配になってしまう。

「お初にお目にかかります。シャルマン子爵の次男、ジル・シャルマンと申します。本日はルイ様にお会いできて光栄です」

「話はフェルから聞いてます。兄が迷惑をかけているようで、申し訳ない」

「え？　あ、いや、ルイ様にお気にかけていただくほどのことでは」

まさかの謝罪に驚いてしまう。なんともよくできた人だ。勝手な王室のイメージだけど、プライドが高くて身内の失態を身分の下のやつに謝るなんて、できなそうなのに。

いや、この王室のイメージはアル様しか知らないからか？　と考えていたら、当の本人がリリーと一緒に入ってくるのが見えた。

「ライア様、なんかちょっと」

「ああ、様子がおかしいな」

ほとんどの人は気づいていないようだが、九月に会ったころよりも少し痩せたのかやつれたのか、今のアル様には生気があまり感じられない気がする。

リリーは元気そうだけれど、なぜか表情が固い。いつもはニコニコ能天気スマイルなのに、今日は無理して笑っているかのように引き攣り気味だ。

言われてみれば最近、二人の姿を学園で見ていなかった。試験勉強で忙しくて気づかなかったけど、その間になにかあったのだろうか。

「兄が来たので、もうすぐ新年度祭《ノイエス・ヤール》も始まるでしょう。またあとでお会いできたら」

「ええ、そうですね。またあとで」

そう言うと、ルイ様はフェル様を連れて王室関係の席へと向かう。

ほぼときを同じくして、サルタニア現国王も入場されて新年を祝うパーティーが始まった。


「皆、静粛に。今から、プリンシア学園で素晴らしい成績を残し、最優秀奨学生《モナークスカラー》の称号を得るにふさわしい者の名を呼ぶ。呼ばれた学生諸君は、速やかに前に来るように」

新年度祭《ノイエス・ヤール》が始まり、少し盛り上がってきた序盤あたりでサルタニア王が壇上で最優秀奨学生《モナークスカラー》の授与を告げる。

ライア様との事前打ち合わせでどういう流れかは聞いたけれど、サルタニア王の言葉にとうとうスピーチが目前に迫ってきているのを実感し、手が震えてきた。

最初に中等部の子たちが全員名前を呼ばれ、そのあとに俺たち高等部の生徒の番だ。

高等部一年の第二王子ルイ様から名前を呼ばれ、二年、三年と真面目な生徒二人が壇上に上がると、最後に最高学年の俺たち二人の名前が呼ばれた。

「高等部五年ライア・ダルトン、ジル・シャルマン二名、前へ」

「え？」

広間で一際大きく響いたのは父、シャルマン子爵の驚く声だ。

リリーがアル様と婚約したんだ。来ているだろうとは思っていたが、今のでどこにいるかわかってしまった。

そして、父の第一声を皮切りに、今まで最底辺にいた次男が急に社交界に現れ、しかも最優秀奨学生《モナークスカラー》の称号をもらっていたことに会場の貴族たちがどよめく。

「さぁ、ジル。壇上に行こうか」

「は、はい！」

俺より嬉しそうなライア様が、手を差し伸べる。

会場を通り抜けるのに離れないように、ということだろう。スピーチの緊張とは違う緊張がはしったが、ありがたく握ることにした。

いまだに状況を把握できていない貴族たちの合間をライア様と手を繋ぎ歩く。

「みなさん、とても驚いてますね」

「ああそうだな。最高に気分がいい」

「ははっ、確かにそうですね」

ちらっと振り返ったライア様が誇らしげな笑みを浮かべる。

俺も満面の笑みで返し、二人で笑い合った。

壇上に上がり、ライア様の左隣に立つ。スピーチは俺が一番最後。

順々に回ってきて、ライア様に話を振られる。

「では、続いてライア・ダルトン公爵、スピーチを」

ライア様は、

「私は特に言うことはない。私のスピーチ時間は、隣のジル・シャルマン殿に差し上げよう」

と言った。

一瞬、会場が静まり返る。進行の人も、「あ、わ、わかりました……」とわたわたしたあと、

「じゃ、じゃあ、ジル・シャルマン殿。スピーチを」と無理やり進めた。

一応ここまでは手はず通りだ。きっとみんなのライア様へのイメージはだだ下がり中。そこで俺が、一気に上げる。

「はい」

スピーチの内容はライア様にもフェル様にも教えていなかった。

というのも、フェル様が「スピーチはジル様の話したいことを話すのが一番ですわ」と言ってくれたからだ。だからあえて誰にも言わずに考えてきた。ま、最初の作戦通り、真実を話すだけなんだけど。

俺はもう一度深呼吸をして、会場を見渡す。

著名人を含め、たくさんいる貴族たちの中で右側には父が、手前にはリリーとアル様とフェル様がいるのがわかる。

そして右隣を見ると、ライア様と目が合った。

ライア様は俺を安心させるかのように顎を少しだけ引いて頷く。

俺も覚悟を決めて、まっすぐ前を見ながら口を開いた。

「このたびは最優秀奨学生《モナークスカラー》という栄えある称号をいただき、誠にありがとうございます。ここに立つに当たって、感謝を伝えたい人がたくさんいます。まず、父上」

右側にいる父がびくっとなった。

実家にいたころは怖いと思っていたけれど、こうして見るとただのおじさんだ。なんであんなに怖がってたのか、今じゃ思い出せない。

「俺を、使用人の代わりに公爵家に送ってくださり、ありがとうございます。おかげで、毎日三食いただいて、少し太ってしまいました。実家にいたときじゃ考えられないことですね」

俺の皮肉を込めたジョークでふっと笑うのは隣にいるライア様だけで、ほかの人たちは「えっ」と若干引いている。

「実家にいたころには考えられなかったことといえばほかにも、鞭打ちがないことや働いた分だけ賃金が出ること、どれも父上が俺をライア様へ差し出してくれたから知ることができました。本当にありがとうございます」

再度俺はお礼を言った。父はなんだか震えている気がするが、気にしない。だって事実だし。

「次に、いつも身の回りのお世話をしてくれる公爵家のみなさん。そして今回最優秀奨学生《モナークスカラー》を目指すきっかけをくれた学園の生徒さん。こうしてここに立つことができるのは、みなさんのおかげです。心から感謝申しあげます」

フェル様のほうを見ようかと思ったけれど、やっぱりやめた。

向こうも関わっていることを公にしてほしくないだろうし、それとなく本人にだけわかればいいかな。

「そして最後にライア・ダルトン公爵様。俺はあなたに一番感謝を伝えたい」

すでにこのときには、会場の注目は俺の話に注がれていた。

冷酷非道と噂のライア・ダルトンを俺がどう話すのか、みんなが固唾を飲んで見守る。

「俺は家にいたころは何事もやる前から諦めて、部屋に閉じこもっているような人間でした。社交界に出られないのも、学園に行けないのも、次男だから仕方ないって自分に言い聞かせて、外に出るのは夢を見ることと同じでした」

今振り返ると、二十年もいた実家の記憶が曖昧になっている。毎日起きたらなにをしていたのか、どんな一日を過ごしていたのか、思い出そうとしてもすべてが灰色のフィルム映画のように、霞んでよく見えない。

「でもライア様は、何事も自分のせいにして諦めていた俺に『お前はなにも悪くないのに』と言ってくださいました。その言葉にどれだけ救われたか」

夕焼けのテニスコート。きらきらと輝くライア様の瞳。

初めて色のついた記憶は、燃えるようなオレンジの光に照らされた、美しいライア様の姿だ。

「それだけじゃない。俺の能力を評価してくれて、学園まで通わせてくれて。ここまで俺を信じてくれる人は、家族にもいなかった。ライア様が初めてです」

それは前世も含めてだ。誰かと信頼しあえる関係を築く前に、俺は亡くなった。

だから余計に思うのかもしれない。ライア様は自分にとって、特別な存在だって。

「ライア様と出会う前までは、自分の意思なんてなかったけれど、初めて自分のやりたいこと……ライア様の役に立ちたいと思ったとき、やっと自分の人生を歩んでいる気がしました。死んだような毎日を送っていた自分に、命を吹き込んでくれてありがとうございます。ライア様は俺にとって、命の恩人です」

俺は体を隣に向け、ライア様を見る。

前髪が上げられて普段よりよく見えるライア様の瞳には、あの日のようにうっすらと涙の膜ができていた。

俺も釣られて泣きそうになるのを堪え、スピーチの最後を締めくくる。

「ライア様。俺を救ってくださり、ありがとうございます。ライア様のおかげで最優秀奨学生《モナークスカラー》の肩書きもできました。きっと、今までより貢献できると思います。ですから、どうか。これからもお側で仕えさせてください」

そして俺はライア様に向けて手を差し出す。

予想していなかったパフォーマンスにライア様は少し驚いた様子だったけれど、満面の笑みを浮かべて俺の手を握ったと思ったら、強く引き寄せられて抱きしめられる。

「え！　え!?」

「こちらこそ、よろしく頼む」

ライア様の囁く声が耳元で聞こえてきて、心臓が飛び跳ねる。

でも静まり返っていた会場は、俺とライア様の友情に感激したのか、拍手喝采が鳴りやまない。

顔は真っ赤だったろうけど、嬉しいことには変わりないし、周りが盛り上がっているならいいか！　と思って、俺も思いっきりライア様に抱きついた。


「――それでは、今後の君たちの活躍を祈っているよ」

とサルタニア王がおっしゃったので、俺たちプリンシア学園の生徒は退場の準備をする。

もうここからの眺めも最初で最後かと思い広間を見渡すと、壇上に上がる前に向けられていた驚きの視線は、俺とライア様を祝福するような温かなものに変わっていた。

フェル様の作戦が上手くいったんだなぁと実感するとともに、今さらながら大勢の前に立っていることに緊張してきた。

「俺、変なこと言ってませんでした？」

「まったくそんなことはない。堂々としていていいスピーチだった。自信を持て」

壇上から降りる途中、ライア様の言葉に照れていると、右側にいた父が怒りの形相でこちらに向かってくるのが見えた。

「ジル、お前っ！」

「ま、まじか⁉」

同じくライア様にも見えたようで、びびり散らかしてる俺を守るように一歩前に立ちはだかってくれる。

いや、まぁ怒るだろうなぁとは思っていたけど、こんなに人が多い場で詰めてくるとは！

しかし、父は周りが見えなくなるほど感情が昂ぶっているらしい。

ライア様が俺を守ってくれる気満々なのはこの上なく嬉しいけど、怪我なんてさせたくないし！

どうしよう、ライア様を押し退けて俺が代わりに殴られれば――

「父上、なにをしているんですか」

迫ってくる父の間に、凛と張る声で割って入ってきたのは、俺と同じ茶髪の人影。

しかし、癖毛気味の俺とは違って母親譲りのストレートな髪は、いつも密かに憧れだった。

「え⁉　な、なんで」

俺の知ってるあの人は絶対にこんなことはしない。優しくて人を責められないからこそ、家族の問題も見て見ぬふりをするはずなのに。

「――続いて、新人論文賞を受賞した王立セネアード大学、技術開発学部ウェス・シャルマン君、前へ」

「はい」

くるっと振り返り、俺に微笑みかける優しい眼差しは、俺の兄——ウェス・シャルマンにほかならなかった。

「父上、あとで話したいことがあります。それまでは絶対に、僕の弟に手を出さないでくださいね」

そう兄が告げると、さっきまで血管が浮き出るほどかっかしていた父が大人しくなった。

「に、兄さん」

「ジルも、あとでゆっくり話そう。僕は壇上に行かなきゃ」

「あ、うん」

身長も俺と変わらないのに、歩く姿も話す声もみんなが注目する。そんなカリスマ的素質は今も変わらないようだ。

兄の背中を見送り、俺とライア様は聴衆側へ戻る。

壇上に上がった兄は、ちょうどスピーチを求められているところだった。

「このたびは学生ながら新人賞をいただき、誠に感謝申しあげます」

決まりきった始まりの言葉のあと、兄は少しだけ考えるように沈黙する。普段の兄ならすらすらと言葉が出てくるのに、今日は珍しく悩んでいるようだった。

「先ほど我が弟ジルが、実家で酷い扱いを受けていたと聞き、いまだにショックを受けています。兄として家のためにと研究に没頭していたのですが、それは間違っていました。ジル、今まで気づいてやれなくてごめんね」

目に溜まった涙を拭いながらスピーチを続ける。

聴衆はただ静かに聞くことしかできない。

「亡くなった母に僕が立派になった姿を見せようと思ったけれど、家族のこともわからないようじゃ、まだまだだ。これからは研究だけじゃなく、家族の時間も大事にしたいと思います。最後に、チャールズ教授。あなたのおかげでこの賞が取れました。いつも僕の研究を見てくださりありがとうございます。でも、夜中に研究室に呼び出すのはやめてくださいね」

そう言って一礼すると、沈んでいた空気も最後の締めで明るく変わる。

兄の家族愛に溢れる素晴らしいスピーチは会場にいた人々の心を温かくし、同時に実家への悪いイメージも拭い去った。

拍手で迎えられるなか、兄は壇上から下りてくると、父になにか言ってから俺とライア様のところに向かってくる。

父は俺らをちらっと見ただけで、そのまま会場から出ていってしまったようだ。

「ライア様、お久しぶりです。弟がお世話になっているようで、本日はご挨拶が遅れて申し訳ございません。教授の手伝いをしていたら王宮にくるのがギリギリになってしまい、つい先ほど来たんです。リリーの件もライア様にはうちの者が迷惑ばかりかけてしまって、なんと言ったら」

「いや、リリーの件はもう済んだことだし、ウェス殿が謝ることではない。それにジルに関しては大変助かっている。こちらがお礼を言いたいぐらいだ」

「そう言っていただき、ありがとうございます。ライア様の寛大なお心に感謝いたします」

壇上では新年度祭《ノイエス・ヤール》で行う王室行事が進行しており、俺ら三人の様子を窺う人はいるものの、ひっそりと盗み見る程度に済んでいた。

さっきはちゃんと顔を見られなかったけれど、久しぶりに見る兄の姿はあまり変化がなくて、だから余計に俺を庇ってくれたのが嘘みたいだ。

「に、兄さん、さっきは」

「ジル、今までごめんね」

「え？」

俺が感謝の言葉を言うより先に、兄が俺をふわりと抱きしめた。

前まではこんな触れるようなことをしてこなかったから急な心境の変化に戸惑い、俺は腕のやり場に困ってしまう。

「僕がずっと見てみぬふりをしている間、そんなひどいことが家で行われていたなんて。本当にごめん。謝って済むことじゃないけれど、ジルが無事でよかった」

「に、兄さん」

兄は、リーダーシップがあって人望も厚い。

でも、物事が上手く進むためには、ことなかれ主義みたいなところもあって、表面上でも家族仲が上手くいっているなら深く関与するような人じゃなかった。

けれど、兄さんは俺が十一歳のころからプリンシア学園の寮に入っていたから、家での俺の扱いなんて詳しくは知らなかったんだろう。それに父も、俺にどんな仕打ちをしているかなんて兄に話さないだろうし。

だから、俺が話した内容に衝撃を受けたのだろうか。父から俺を庇ってくれるほどに。

頭の中で兄の背中に腕を回すか迷っている間に、兄のほうから離れていってしまった。

「ジル、僕が父上とちゃんと話すから。今までジルにしてきた行為も、不当な扱いも、もうそんなことはさせないって約束させるから、だから……」

このあとに続く言葉を、俺はある程度予想ができた。できたけれど……

「兄さんの気持ちは嬉しいよ。でもごめん。俺は家には帰らない」

「……そっか。うん、そうだよね。今さら、なに言ったって遅いよね」

「ごめん、兄さん」

見るからに落ち込む兄に、俺の心も痛くなる。

今ならわかり合えるのかもしれないけれど、俺はもう進むべき道を見つけてしまった。

だから、帰ることはできない。

「で、でも！　僕がちゃんと話をして父に謝らせるから、そのときは一度でいい。一度でいいから、家に帰ってきてくれない？」

「それはいいけど、あの父上が謝るかな？　でももしそうなったら、一度は顔を出すよ」

「ほ、本当!?　ありがとう！　父上を説得できたら、手紙を出すね！」

「うん。期待しないで、待ってる」

本当に嬉しそうに喜ぶ兄に期待しないと言いつつも、心のどこかで少し期待している自分がいる。

今の兄なら俺のために、父を説き伏せてくれるのではないかと。

「ジル兄様！　と、ウェス兄様……」

俺を呼ぶ聞き慣れた声に顔を向けると、アル様とリリーが二人でやってくるのが見えた。

リリーが強引に連れてきただけかもしれないが、第一王子自らこちらに来るなんて……俺とライア様の表情が固くなる。

ただ、俺ら二人の様子もおかしいが、もっとおかしかったのはリリーだった。いつもは俺とウェス兄さんに会えたことを喜んでくれるのに、ウェス兄さんを見るとなぜか顔を引き攣らせる。

「アル様、お久しぶりです。リリー、前々から言っているだろう？　ライア様に最初に挨拶しなきゃダメだって。たく、挨拶は基本中の基本なんだから、覚えてね」

「ウェ、ウェス兄様……ご、ごめんなさい」

ウェス兄さんにはいつもなにかしら怒られるから、緊張してたのか？　でも普段見ないような顔してたけど……ま、俺の考えすぎか。

「アル、……アル！　おい、大丈夫か？」

「え、あ、ああ」

様子がおかしかったのはリリーだけではなかったようだ。

アル様はライア様のアル呼びにも反応がうすく、なにか別のことに気を取られているかのように、上の空の返事が返ってきた。

「アル様、大丈夫ですか？　顔真っ青ですよ。俺、なにか飲み物を持ってきましょうか？」

ふらふらしているアル様を見るに、貧血か低血糖かどちらかはわからないけれどなにか口にしたほうがよさそうだ。

軽くつまめるもの、もしくは甘いジュースがあればいいかな、と俺が輪から抜けようとしたとき、

「あ、じゃあ僕も行くよ」

兄さんがそう言った瞬間、アル様が「えっ」と大きな声を出す。

みんなで一斉に目を向けると、アル様は「あ、いやなんでもない」と言って、どこか寂しげに目を伏せた。

兄さんが一緒に行こうとするのを、アル様は驚いたようだ。

どうしたんだろう？

ライア様も怪訝な様子でアル様を見つめている。

でも特に引き止めるわけでもないみたいだし、兄さんが先に歩き始めてしまったので俺は軽食の置いてあるテーブルへ向かった。

「アル様、大丈夫かな？」

「王室は年末年始の行事がいっぱいあるからね。きっと疲れているんだよ」

兄さんとジュースをもらいながら、アル様の話をする。

ほかにも一応つまめるものをと思い、お皿に少し軽食を載せた。

「あ！　これジル嫌いだったよね」

にこやかに兄さんがグリーンピースを指す。

「え？　ああ、でも今は食べられるよ？」

確かにあの鼻に抜ける、うっとくる香りが苦手で小さいころはよく残していた。でもそんなことも言えない食事事情になったから、今じゃ好き嫌いなしだ。

「ええ～そうなの？　でもさ、残すと怒られるから、よく舌の下にいれて呑み込むふりして、あとで外に吐き捨ててたよね！　あれ僕にはできなかったな」

「あれは、喉を動かすのにコツがいるんだよ」

そう言って、喉仏を動かしてみせる。

「そう、それ！　でも結局最後はバレて怒られたよね」

「うんそうだった」

でもそれも、ずいぶん幼いころの話だ。兄さんがまだ学園に行く前か、その前後ぐらい。

リリーが高等部の寮に入るまではご飯が出ていたけれど、そのあとからだんだん仕打ちがひどくなっていったんだよなぁ……。うん、今じゃ懐かしい思い出だ。

「どうしたの、ジル？　遠い目をして」

「あ、いや、なんでもないよ。それよりもうお皿に載せ切れないから、戻る？」

「うん、そうしよう」

兄さんと一緒に料理を持って戻ってくると、アル様とリリーの姿はなく、ライア様だけが一人ぽつんと立っている。

「あれアル様とリリーは？」

「アルの体調が悪いからと先に帰った」

「そうだったんですか」

せっかく持ってきたのに……と悲しんでいたら、フェル様が飲み物を探しに歩いている姿が見えた。

まぁ、いらないかもしれないけれど、最優秀奨学生《モナークスカラー》になれた感謝も改めて伝えたいし、アル様の分を持っていくだけ持っていってみようかな。

「ライア様、フェル様に会いに行ってもいいですか？」

「ああ、わかった。ここにいる」

「じゃ、兄さん。ちょっとだけ席外すね」

「うん。行ってらっしゃい」

俺は美しいフェル様に話しかけようとそわそわしている男性陣の合間を抜けて、飲み物を渡しに行った。

ライアの決意

「ジルのこと、本当にありがとうございます。あんな幸せそうな弟、初めて見ました」

「私は普通のことをしたまでだ」

ウェスはフェルと話しているジルを、眩しいものでも見るかのように目を細めて見る。

実の兄にそう評価されるほど、ジルは今まで暗い顔で過ごしていたらしい。

私と出会っていい方向に変わってくれたのはとても嬉しいことだ。

「ライア様もご両親を亡くされていますよね。僕もジルも母親を亡くしていて……だから余計にわかるんです。ライア様の言う、普通のことをする大変さが」

「そうだろうか」

普通のことをする大変さ、それはどういうことだろう。

この曖昧な話し方はフェルを思い出させる。

「ライア様は人に愛されて育ったんだなぁと思います。だからジルにも優しくできる。あいつはいい人に出会いました」

ウェスはそう言うと、持ってきた飲み物に口をつける。

私も広間の中心にいるジルを見ながら、グラスを傾けた。

――それから滞りなく式は終わり、帰りの馬車。

なぜかジルは対面ではなく、私の横に座った。

「なぁ、ジル。行きも思ったんだが、なんで隣に座るんだ?」

「え!? いや、その特に意味はなくて」

意味がなかったら普通は前に座るもんじゃないのか？ と訝しむが、ジルは一向に顔を合わせてくれない。まぁ、距離が近いぶんにはいいんだが。

ただ、新年度祭《ノイエス・ヤール》を通してずっと感じていたが、今日のジルはほとんどこちらを見ない。スピーチのときはあんなに嬉しそうに手を差し出してくれたのに。

暗闇でほとんどなにも見えないだろうになにがそんなに面白いのか、ジルは必死に外を見つめている。その横顔はいつもと違って髪が耳にかかっているからか、人目を惹く色気をまとっていて気が気じゃなかった。

「やっぱり髪型は普通のほうがいい」

露わになっている耳に触れると、急に触ったからか、ジルがビクッと体を硬直させる。

顔は頑なに合わせてくれないが。

「えっと、似合ってなかったですか？」

「そうじゃない。似合いすぎてて心配になったんだ」

本人はまったく気づいていないようだが、何人か下心丸出しの下衆なやつが声をかけてこようとしていたし、私のところにも「彼を紹介してください」と来る人物はかなりいた。

ジルが優秀だと世間に認められるのは嬉しいはずなのに、それと同時に彼を狙う人物も増えるのは悩ましい。

「それを言ったら、ライア様のほうが似合いすぎてて大変でしたね」

「あれは私自身ではなく、公爵の権力が好きなだけさ」

「……絶対そうじゃないですよ」

「なにか言ったか？」

「いえ、別に」

なにか不貞腐れたように、ジルはまた窓の外に顔を向けてしまった。

ジルが言うように私に集まった人は多かったけれど、あそこにただのライア・ダルトンを見てくれる人はいない。

公爵としての私が好きなだけだ。

だが、それを言ったら、ジルは私をどう見ているんだろう？

先ほどのスピーチでは私を命の恩人だとか言っていたが、本当にそれだけだったら……

「ジル、こっちを見てくれ。今日は目を合わせてくれないじゃないか」

膝の上でぎゅっと握っているジルの手をするっと握り込む。

驚いたようにジルは一瞬固まったが、抵抗することなく私にされるがままだ。

そういうところが、我慢をできなくさせる。

「ラ、ライア様？」

そのまま掴んだ手を口元に寄せ、触れるか触れないかのわずかな接吻をほどこす。

気づいてくれ。

自分はジルをそういう目で見ていると。

ただの学友ではなく、主従関係でもなく。

ジルを欲していると、伝わってくれ。

「え！　あっ、えっと」

よく見えなくても、ジルが顔を真っ赤にして慌てているのが想像できる。

そんな可愛い反応をされてしまったら、もっと手を出したくなってしまう。

もし、ジルが私をただの公爵としか見ていなくても、私はもう手放せそうにない。

「ジル、今度の土曜日空いてるか？」

唇を離し、ジルの緊張で潤んだ瞳を見つめる。

これ以上手を出さないもどかしさを内に秘めつつ、試験前から決めていたことを実行に移すと決めて。

第三章　次男、出来損ないじゃなくなる

試験も終わり、新年度祭《ノイエス・ヤール》のスピーチも大きなトラブルなく済んだ、冬のある日。

ライア様への悪評も俺への嫌がらせもなくなって、So happy!　かと思えば――

俺の気持ちは乱気流のように荒れていた。

「よし大丈夫かな？」

鏡の前で身だしなみの最終チェックをすると、自分のニヤケ顔も視界に入って気持ち悪くなる。

なぜ俺が今、普段は気にならない髪の毛のハネまで気になっているかと言うと……今日はライア様と二人で出かけるからだ！

「も、もしかしてこれは、デ、デ、デートというやつでは……？」

自分で口に出して恥ずかしくなる。それに、デートだと考えてしまう俺は、やっぱりライア様の特別な存在になりたいと思っているわけで……

「はは、なに言ってんだろ、俺」

ライア様と出かけられるのはもちろん嬉しい。でもそれがより、ライア様と特別な関係になれるのではと期待させてしまって……いやそれはないか、と現実を見て落ち込む日々。

ここ一週間はずっと、この浮き沈みを繰り返していた。

ああ、これでライア様がすんごい冷たい態度で、まったく俺に優しくなかったらこんなに苦しまないのに！

恨むべきは恋愛感情を持っている自分自身なはずなのに、学園に入ってから変に大切に扱ってくるライア様がつい憎らしくなってしまう。

「それに、あの、キスは……」

手の甲を見て、顔が熱くなる。

別に、あのときは慰めとか、励ましとかのタイミングじゃなかった。単に外に出かけるお誘いをするだけだったはず。なのに、手の甲にキスをするって、それって……

「や、やめよう！　期待したところで違う可能性のほうが高いわけだし。うん、あれは挨拶、そう、挨拶だ」

ただ、頭の片隅で「ライア様って、挨拶で接吻するような人じゃなくない？」と言う疑問は聞かなかったことにした。

「ジル、準備できたか？」

突然、扉の外からライア様の声が聞こえてきて、心臓が跳ねる。

「はい！　今行くんで、先に馬車で待っててください！」

そう。今日はただのお出かけ。きっと買い物に付き合ってほしいとか、市場調査とか、そんなものだろう。だから大丈夫！。変に緊張する必要もないし、普段通り接すればいいはずだ‼

——と自分に言い聞かせて、一時間後。

「ぜっ、全然デートだっ……！」

「ん？　どうしたジル、食べないのか？」

「い、いや、食べます」

俺の小声の叫びは、レストランで流れるピアノの音で聞こえなかったのか、ライア様は変わらずランチを楽しんでいる。楽しんでいるのはいいんだけれど……

問題は、今日のライア様の格好だ。

普段見ない綺麗めなジャケットにベスト。髪も新年度祭《ノイエス・ヤール》ほどじゃないが整えてるし、アクセサリーもつけている。

要は見るからにいつもよりおしゃれで、気合いが入っているのが丸わかりの格好だった。

馬車を降りればみんなが振り向き、今いる高級レストランのお客さんもちらちらこっちを見る始末。それほどまでに、今日のライア様は眩しくてかっこいい。

また、ここに来るまでも、馬車の扉を開けてくれたり、俺の服装を褒めてくれたり、ここ数か月前から始まった甘い対応が行きすぎてしまったかのような姫扱い！

今日はただのお出かけかと思っていたのに！

こ、こんなの、俺の想像とまったく違う!!

そして極めつけは、ランチで来ているこのお店……

「あ、あのこのお店って、もしかして」

「ああ、フェルから聞いた、おすすめの店だったんだが……口に合わなかったか？」

「い、いえ⁉　まったくそんなことはありません！　す、すごく美味しいです」

フェル様から聞いた？　あ、あのライア様が⁉

俺の頭の中は、びっくりマークとはてなマークが敷き詰められる。

このお店は、俺が前にライア様に言った「期末試験が終わったらしたいこと」のひとつ。フェル様おすすめのお店なのは間違いない。

でもあのときはお店の名前は言っていないし、ランチでも予約が必要なほどの人気店らしいから前々からここに行くと決めていなければ入れないはず。

ということは、俺のために用意してくれてたってこと？

え、でもそれって……

おしゃれな格好。完璧なエスコート。俺の行きたかったお店。

こ、これは、誰がどう見ても、デ、デ、デ、デートなのでは⁉

「ジ、ジル？　すごい手が震えてるけど大丈夫か？」

「あ、あはは！　き、気のせいですよ！」

やばい、やばすぎる。こんなの意識しないほうが無理だろ！

脳の処理能力が追いつかなくて、心の動揺が体に現れてしまう。

でも待て。落ち着け、俺。一旦フォークとナイフをテーブルに置き、深呼吸をしよう。

「すー……はー……」

「おい、ジル？　本当に大丈夫か」

ライア様のお言葉は、今だけ無視をさせてもらって。少し頭を冷やしたら、現状を客観的に判断できるようになってきた。

そう。これはまだ、デートと決まったわけじゃない。

「あ、あの、今日って俺が、最優秀奨学生《モナークスカラー》になったお祝いとかですか？」

絶対そうだ。ライア様の行動パターンは大体把握している。俺のためになにかしてくれるのなら、理由はこれしかないだろう！

「うーん、それもあるが、それだけじゃないと言ったら？」

「え？」

「今日のデートは始まったばかりだぞ？　ランチのあとは」

「え？　えっ!?　い、今！　デ、デ、デ！」

せっかく抑えた震えはまたすぐに俺の元へやってきた。

さっきよりも比べ物にならないほど大きく、心臓を打つような震えになって！


美味しいランチを食べたあと、ライア様は行くところを決めていたようで、迷うことなく御者にとある市街地の名前を言った。

俺はライア様のデート発言からずっと放心状態で、とりあえずあとをついていくしかなかったけど、市街地に行くと聞いた時点で確信した。

ライア様は本気で、俺のためにプランを考えてくれていると。

なんでなのかはわからない。わからないというか、この幸せの裏にはなにかあるのではないかと思ってしまい、考えるのが怖い。

明日公爵家から追い出されるとか？　それか悪事に手を染めろとか!?

でもライア様は特になにも言わないから、今は詳しく聞かずに、夢のような一日を楽しむことにした。

「ライア様、これ巻いてみてください」

「私が巻くのか？」

今俺たち二人は、高級店が並ぶ通りにある、ブティックに来ている。

俺にはどのお店がいいのかわからないから、ライア様のおすすめのお店を聞いたらここに連れてきてくれた。

ここの外商さんとは古い付き合いらしく、普段はお店側が公爵家に来るもんだから、店舗にはあまり来たことがないそうだ。

急に現れた太客にお店側も驚いていたが、さすが高級店。そんな動揺は瞬時に抑え、笑顔で迎えてくれた。

「うーん、こっちのほうがいいかな？　ライア様はどっちがいいですか？」

「え？　あー、触り心地はこっちのほうがいいと思うが」

高級店すぎてなにも買えなかったらどうしよう……と思っていたが、ちょうどいい品物が目についた。これからは春に移っていくとはいえ、まだまだ寒い。

だから、プレゼントするならこれがいいかなって。

「じゃあ、このマフラーにします」

「このマフラーにしますって、ジルが自分で選ばなくていいのか？」

「はい。だってこれ、ライア様へのプレゼントですから」

「え？」

今のところ俺のほうがびっくりしっぱなしだったから、ライア様の驚いた顔に嬉しくなる。

「ライア様にはお世話になっていますから、感謝の気持ちを込めて、前々からなにかプレゼントしたいなと思っていたんです……受け取ってくれますか？」

「……ああ、もちろんだ。ジル、ありがとう」

ふわりと微笑みながらちょっとだけ顔を赤くするライア様を見て、俺もつい照れてしまう。

ライア様は俺のプレゼントをすごく気に入ってくれたのか、その場で値札を切ってもらうとさっそくマフラーをつけて外に出る。

艶やかな黒髪と透明感のある白い肌に濃いネイビーのマフラーはよく似合う。外を歩く人々の目を先ほどよりも奪う姿に、プレゼントを選んだ俺は誇らしい気持ちになった。

そのあともおしゃれなカフェに行ったり、市街地のお店を見たり、早めのディナーを食べたりしていたら楽しい時間はあっと言う間に過ぎていった。

日が落ち、馬車から流れていく明かりのついた街灯を見ると、嫌でも今日の終わりを感じてしまい、気持ちもセンチメンタルになる。

デート自体はすごく楽しかった。

ただ、その分、ひどく怖くもある。

俺は明日から、ライア様と今まで通り接することができるだろうか……と。

ライア様の隣は居心地がよくてあたたかい。今まではそれだけでよかった。

でも今日みたいな幸せを一度味わってしまったら。

俺は、俺以外の誰かが、ライア様から優しい笑みを向けられているのを黙って見ていられる気がしない。

ライア様の照れた表情も、柔らかい眼差しも、心配するように触れる手も……すべて、俺だけに向けてくれたらいいのに。

「…………」

心臓が苦しい。

誰かを好きになるって、こんなに辛いことだと思わなかった。

前世は好きになる前に諦めてばかりだったから、知らなかったけれど。

ちらっと目の前に座るライア様も見る。

俺と同じように窓の外を眺めているだけで、なにを考えているのか表情からは読み取れない。

「あ、あの」

「ん？　どうした？」

「えっと、その」

ライア様は……ライア様は、俺の能力が公爵家にとって有能だから、優しさを与えてくれるんですか？　それとも……少しは、少しは、俺のことを――

「王立自然公園に着きました」

御者が馬車の連絡窓から、目的地に着いたことを知らせる。

「わかった。ジル、大丈夫か？」

「は、はい。な、なんでもありません」

俺は喉から出かかった問いかけを、作り笑いで呑み込む。

馬車から降りると、王立自然公園の裏門に辿り着いていた。王都の中心地にありながら森のような体をなしている。そのため、夜になると門が閉まってしまうと聞いていたけれど……

「今日は夜も開放しているんですね」

「ああ、この時期だけは特別に開いているんだ」

なぜ、この時期だけ？　という俺の疑問は「行けばわかる」と言うライア様の返答に流されてしまった。

俺とライア様は温室に行く一本裏の道を歩いているのか、薄暗く人通りもまったくない。けれど林の向こう側には、道の至る所に明かりがつき、ロマンチックな情景になっている。

だからだろうか、向こうの道を歩く人々の大半が恋人同士のようだった。

「ジル、大丈夫か？　あともう少しで着く」

「あ、はい」

新月でより暗くなっている道をライア様を見失わないようについていく。

すると、急に開けたところに出た。

「こ、これは」

「温室の裏側だ。正門は人が多いからな」

暗くてよく見えないが、温室は三階建のビルぐらいの大きさがあり、中は明かりがついていないようだった。今はこちら側には誰もいないようで、裏側の従業員入り口には鍵がかかっている。

ライア様はここの施設の人と事前に打ち合わせしていたのか、ポケットから出した鍵で扉を開けた。その瞬間、温室特有の湿った生暖かい空気が、冬の寒さで冷えていた頬にぶつかった。

「勝手に入って大丈夫なんですか？」

「ああ、許可はもらっている。二階なら誰もいないからそこを使っていいと」

一応心配になって聞いたが、さすがライア様、ちゃんと準備してらっしゃる。

そのままライア様は迷わず階段を登っていくので、俺も黙って追いかけると薄い壁一枚隔てて、たくさんの人がいる気配がしてきた。

「本当に綺麗……」

「すごいな、こんなに咲いているなんて……」

みんなになにを見てるんだろう？　と思いつつ、なるべく音を立てないように登っていると、階段の終わりが見えてくる。

「着いたぞ、ジル」

先についたライア様が二階の欄干まで歩く。

俺がその右隣に行くと目の前に、温室の全体像が現れた。

「……っ!? す、すごいっ！」

そこには淡く輝く花が全体を埋め尽くし、夜空を上から覗くような景色が広がっている。微かにふわっと甘い香りも混ざって、現世ではない夢想の世界に来てしまったようだ。

「これ、全部植物ですか？」

「そうだ。月光華と言うらしい」

ライア様もこの景色に魅入っているようだが二階は暗く、詳しいところまでは見えない。

一般客がいる一階も、足元の最低限の光しかつけていない。きっと、この花の美しさを最大限生かすためだろう。

あまりの綺麗さに、ちょっと大きめの声を出してしまったが、みんな二階なんて興味ないのか、こちらを見る者は誰もいなかった。

「本当に、綺麗です」

ほかにもいっぱい言葉を知っていたらもっと素敵な表現ができるだろうけど、語彙力のない俺はただただ綺麗と言うしかなかった。

「ああ、本当に綺麗だな」

「……恋人同士で来るのも頷けますね。こんな素敵な景色、好きな人と見たらさぞかしいい思い出になるだろうな」

下にいる幸せそうな人たちを見て羨望の気持ちを込めていう。もしくは嫉妬心だろうか。

俺も好きな人と来ているのには変わりない。

でも、あの人たちとは違う。仲睦まじそうにする人々を見て、俺はひどく虚しくなった。

「私もそう思う」

俺はこのとき、完全に油断していた。それは他人の幸福を妬む卑しい心がそうさせたのか、幻想的で麗しい花たちが俺を惑わせたのか、正しいところはわからない。

でも、ライア様の右手が俺の左手を握り、指を絡ませてきた瞬間――

俺は、彼の手を弾いてしまった。

「あっ」

やってしまった。

瞬時に浮かんだのは、その一言だった。

「すまん、嫌だったか？」

少し、傷ついた声音。

俺は必死に、言い訳を考える。

「あ、いや、その、嫌とかじゃなくて」

嫌とかじゃない、まったく。

なんならその反対。だけど、だけど……！

「嫌じゃないなら、別にいいだろう？」

そう言ってまた右手を俺のほうへ近づけるから、俺は左手を背中に隠す。

「よ、よくはないです！　だって、そ、それは……」

ここで手を繋いでしまったら、俺は絶対に戻れない。

期待が渇望に変わり、叶わない願いを、本気で願ってしまう。

「繋ぐっていうのは？」

けれどライア様は着実に、俺との間を詰めてくる。

普段なら俺が嫌がることを無理やりするような人じゃないのに！

「そ、それは、お、俺とライア様の関係を、こ、超えてしまいます」

「超えてしまっては、なにか問題があるのか？」

今度は欄干を掴んでいた俺の右手に、ライア様が左手を重ねる。

好きな人から求められる手を、俺は拒むことができない。

俺が嫌がらないとわかって、ライア様は細く長い指を絡ませてきた。

「ジルも本当は気づいているんじゃないのか？　自分だけ特別な扱いをされている理由を。ここまで一緒に過ごしてきて、その可能性を一度も考えなかったのか？」

考えなかったわけがない。

いつも触れられるたび、わずかな可能性にすがって何度も何度も『そうだったらいいのに』と願っていた。

「で、でも、それは公爵家の役に立つからで」

「それだけだったら、こんなことはしない」

ぎゅっと握る手に力が込められたかと思えば、反対の手を俺の腰に添える。

急激に近くなる距離に、俺は慌てて俯いた。

「ラ、ライア様は、リリーと婚約したじゃないですか！」

俺は抵抗するように、空いているほうの手でライア様の胸を押す。

そしてわずかな可能性を考えるたび、同じ数だけ否定してきたセリフを口に出した。

「あれは政略結婚だ。リリーが好きで婚約したんじゃない」

「お、俺は男です！　きっと、友愛とはき違えてるんです！」

だって……だって！

そうじゃなかったら、今までの行為は……！

「…………」

ライア様からの返事はない。

なにか、なんでもいいから、言ってほしい。

やっぱり勘違いだった、でも、ちょっとした悪戯心だ、でも。

なんでもいいから、沈黙だけは——

「わかった。嫌だったら、拒め」

「え？」

言葉の意味を理解するより早く、俺の顎が優しくもち上げられる。羽が触れるようにライア様と唇が重なる。

「これで信じてくれるか？」

近距離でぶつかる視線。ライア様の赤い虹彩。

その奥には、熱を帯びた情欲があって――

「まだ信じられないか？」

「えっ！　んっ」

今度はさっきみたいな触れるだけのキスではなく、わずかに開いた隙間からライア様の舌が入り込んでくる。

「っ、ぅん」

厚い舌が上顎をなぞり、背筋がぞわっとする。

頭をがっちり押さえられ、息ができない。

酸欠で脳が溶けそうになって、思考がぼーっと……じゃないっ！

慌てて身をよじって抵抗の意志を見せると、ライア様はすぐに顔を離してくれた。

「し、し、信じま、す！　信じますから！」

「わかってくれて、よかった」

息も絶え絶えながらはっきり教えると、ライア様は俺の好きな朗らかな笑みを浮かべる。

――もしかしてこの笑顔も、俺だけのもの？

ふと気づいてしまった幸せに、息が止まる。

じゃあ、あの優しい手つきも？　慰めのキスも？

柔らかな瞳も、全部、全部、俺だけの、もの？

「…………っ」

全身に幸福が浸かって、これでもかと熱くなる。

嬉しい。嬉しすぎて、死んでしまいそう。

「ジル、好きだ。愛している。できれば付き合ってほしい」

まったく装飾のないストレートな言葉は俺の「でも」や「だって」を介在させる余地を与えない。

そのことが俺を安心させ、不安も怖さも取り除いてくれる。

けれどそのあとに続いたライア様の言葉に、俺は驚きを隠せなかった。

「でも返事は急がない」

「え？」

「ジルはずっと家にいたから、私以外の人を知らないだろう？　でも学園にも貴族界にもさまざまな人がいる。もしかしたら私より、もっと惹かれる人が現れるかもしれない。だからいろいろな出会いをした上で答えを出してほしい。じゃないとジルが、後悔するかもしれない」

「ラ、ライア様」

ライア様が好きと言ってくれるなら、誠意のない軽い出来心でも俺はよかった。

なんなら、そこに気持ちがない嘘偽りでも、俺は喜んだだろう。

でもライア様はそんな不誠実なことをする人ではないことを、俺は一番よく知っている。

だからこちらも、軽い気持ちで『はい、付き合います』とは言えない。

「ライア様、本当に、待っていてくれるんですか？　俺、信じてもいいんですか？」

「ああ。信じられないなら、もう一回キスしようか？」

「え⁉　あ、いや、そ、それは、う、嬉しいですけど」

口の中でもごもごさせながら、俺はライア様と付き合う上で不安な要素を思い浮かべる。

もしそれがなかったら、今すぐライア様の胸に飛び込んでるのに。

「俺も、本当にライア様が好きなんです。だからこそ、迷惑はかけたくない」

ライア様は静かに言葉の続きを待ってくれる。

「今は落ち着きましたけど、まだアル様のことが片付いていません。それでまた、ライア様になにかあったら……」

浮かれてあと先を考えずに付き合えば、なにかあったときに一生後悔するだろう。

ライア様には俺と一緒にいることで嫌な思いをしてほしくない。

「本当に、本当に、ライア様の申し出は今すぐ受けたいくらい嬉しいです、で、でも、もしライア様が許してくれるなら、アル様の件が解決して、俺が公爵家にいることを邪魔する者がいなくなってから……そのときにちゃんと、返事をしてもよいですか？」

ライア様が嫌いで返事を保留にするわけではないことを伝えたくて、俺はまっすぐ目を見て言葉を紡ぐ。

そこまで待たせるのならやっぱなし、とか言われたらどうしよう。

でもあのライア様が一度言ったことを変えるとは思えない。

半年間生活をともにして築いてきた信頼は驚くことに、こんなにもライア様が好きな俺へ、付き合う以外の選択肢を与えた。

「ああ、ジルの気持ちはわかった。もちろん私はいつまでも待つ。が、そういうことなら、早くアルの件を解決させないとだな」

俺の選んだ答えに、少しは嫌悪感を出されるかもと覚悟をしていたが、ライア様の瞳は一瞬驚いたように軽く開いただけで、また優しいいつもの表情に戻って安心する。

「あ、ありがとうございます！」

「まぁ、待つとは言っても、なにもしないとは言っていないがな」

「え？　あ、んっ！」

ライア様はこちらの返事を待たずに俺の顎を掴むと、唐突に唇を重ねる。

「んぅ」

最初のようにこちらを気にかけるたどたどしさはなく、強引にでも入ってこようとする舌に思わず声が漏れる。

力が抜けそうな俺の体はライア様によって支えられ、逃げることは許されない。

結局ライア様が満足するまで、俺はただただ、与えられる甘い愛を受け取るしかなかった。

「ぁんっ、はぁ、ラ、ライア様っ、お、俺の話聞いてました⁉」

やっと離れたライア様に、俺は息切れしながら現状の確認をする。

でもライア様は不思議そうに首を傾けるだけで、いまいち俺の言ったことを理解していないようだった。

「さっき、もう一回キスしようか？　と聞いたら『それは嬉しいですけど』と言ったじゃないか」

「え！　いや、それはそうですけど、で、でも、こういうことは付き合ったらするもので！」

「ジルに信頼してもらうためのキスだ。じゃないとジルは私の気持ちが嘘だと思い込んでしまうだろう？　それに先ほども言ったが、なにもしないとは言ってない」

「え⁉　ま、待ってください！　それって、どういう意味で」

「あー別に嫌がるようなことはしない、という意味だ」

い、嫌がるようなことはって！　え⁉　そ、それは、どこからどこまでなんですか⁉

俺の心の叫びが口から出る前に、またライア様に塞がれてしまったのだった。


「う、うぅ、ひ、ひどいです」

「すまん、確かにやりすぎた」

揺れる馬車の中、顔を覆って俯く俺とは反対に隣に座るライア様はなぜかニコニコしている。

結局あのあと立てなくなるまでキスをされ、ライア様にお姫様抱っこされて戻ってくるという醜態をさらした俺は早くも反抗期中だ。

幸いにも誰もいない道を通って帰ってこられたからよかったものの、誰かに見られていたら今ごろ恥ずかしくて埋まってる。御者の人には「あ、足を、ひ、捻りました！」と大嘘をついたが、そのときライア様が肩で笑っていたのを俺は見逃さなかった。

「でも、別に嫌がるようなことはしてないだろ？」

「そ、そんなの、ずるいです」

俺の嫌がることとって、そんなの、好きな人から強引に来られたら、誰でも拒めないじゃん！

で、でも、付き合う前にそんな体の関係的なのは……

「わかった。キス以上のことをするつもりはない。だから、顔を上げてくれ」

「ほ、本当ですか？」

俺は半べそをかきながら、顔を上げる。

「ああ、本当だ。私もジルを大切に思っているんだ。そこまで強引なことはしない」

安心させるようにぎゅっと抱きしめられると、不安だった気持ちもすーっと消えていく。

でも不安がひとつ消えたらまた湧き出てくるもので……

「でも、俺男ですし、キス以上のことなんて」

「おい。今キスで止めるって言ったのに、煽っているのか？」

「ち、ち、違います！　う、疑ってすみません」

一気に鋭くなった声に、俺は全力で否定した。

でもライア様は同性愛者ではないし、その先ってなると、ちょっと無理があるんじゃ……

「そうかそうか、ジルはまだ私の気持ちが信じられないいか」

俺の不安がまだ拭えていないことを、ライア様は気づいてしまったようで、狭い馬車内でじりじりと俺を追い詰める。

「え！　そ、そんな、違いますよ！　ほら！　あんまり騒いだら御者さんに聞こえますから！」

「連絡窓を閉めているからこちらの声は聞こえない」

「そ、そうは言っても」

「今はキスだけで我慢してくれ、私も我慢する」

今日何度目かわからない口づけを交わし、俺は疑う余地もなくライア様に愛されていることを実感せざるを得なかった。


「あのライア様って小さいころってどんな子だったんですか？」

「あら、急にどうされたんですか？」

「いやちょっと気になるなぁ、程度なんですけど」

二月に入り、本格的な冬の寒さに凍えそうになりながらも、俺とフェル様は中庭の東屋で昼食を一緒に食べていた。

ライア様は四限の授業後先生に引き止められてしまったので先に教室を出る。そこでフェル様が中庭にいるのが見えたから、東屋で一緒にご飯を食べないかと誘ったのだ。

「うーん、そうですね。昔から聡明で、生意気なお子様でしたよ？」

「は、はぁ」

俺の欲しかった答えとは違い、曖昧な返事をする。

「なにかございましたか？」

「いえ別にそういうわけでは」

不思議そうな顔をするフェル様に、俺はなんて言おうか考えあぐねる。

というのも、デートをした日からライア様はすごくすごく変わった。

前までは近くても手を握るとか、髪を触るぐらいだったのに、今では腰に手を回したり、人がいないとわかればハグもする。家では毎日のようにキスを求められるし。

こ、こんなに積極的な人だったっけ⁉　と驚く日々。

俺のライア様のイメージは優しくて誠実で、あまり感情豊かなほうではないけど、ふとした照れ顔とかが可愛い。そんな印象だったから、恋愛に関してこんなに求められて正直心臓が持たない。

ある日とうとう耐えきれなくなって「ラ、ライア様って、リリーにもこんなに積極的だったんですか？」と聞いたら……

「んなわけあるか。ジルが今まで私をどう思っていたか知らないが」

めちゃくちゃ不機嫌な顔で前置きしたあと、

「私はジルだから、独り占めしたいし、キスしたい」

と言われてしまった。

合掌、からの昇天。

意識がまだ現世にあることが奇跡だ。

だから俺は毎日、『こ、こんなに幸せでいいんですか⁉』と内心で叫びながら、心臓を痛めつける日々を送っている。

「ジル様、顔が赤いようですが、大丈夫ですか？」

「えっ⁉　あ！　だ、大丈夫デス！」

あのときのことを思い出していたら、フェル様に心配されてしまった。

ライア様の変わりように驚いてしまったから、昔はそういう子……好きな子にぐいぐい行くタイプ？　だったのかなと思って聞いたけれど、どうも違うようなので話題を切り替える。じゃないとほかにもいろいろ思い出してボロがでそう。

「そ、そういえば、アル様の件ってなにかわかりましたか⁉」

「残念ながら手詰まりですね……あ、でも王立セネアード大学に最近はよく行かれているみたいなんです」

「王立セネアード大学って……」

と、ちょうどそのとき、ライア様が学食のトレーを持ってやってくるのが見えた。

「ここにいたのか。すまん、待たせたな」

「あ、いえ、そこまで待ってないですよ」

ライア様は俺の隣に座ると、フェル様と俺を交互に見て「なんの話をしていたんだ？」と会話に参加する。

「アル様の件を少し話していましたわ。最近王立セネアード大学をよく訪れていると」

「王立セネアード大学？　それって……」

ライア様がこちらを見る。

「俺の兄が通ってる大学ですね。うーんでも、アル様と接点なんてあるのかな……」

まぁ、妹の婚約者だし、一応義理の兄になるわけだからなにかしら繋がりはあるだろう。

それとなく、大学に来ているアル様の様子を聞いてみようかな。

なんて考えているところに現れたのはリリーだった。

「あ！　ジル兄さま！」

瞬時にアル様がいないか見渡すが、今日は珍しく一人で行動しているらしい。

急いで来たのか、息を切らして駆け寄ってくる。

「どうしたの？　俺になにか用事？」

「そうなの、お話中お邪魔して申し訳ございません。でも急ぎで……ジル兄様、今大丈夫？」

たった一文だが、俺はものすごく驚いた。あのリリーが、話している最中に割って入ることを謝罪し、俺の都合を気にするようなことを言ったからだ。

王室の王妃教育の賜物だろうか。それとも俺がライア様と出会って変わったように、リリーにも変化があったのかな。

「わかった、今行く……」

「あっ、待って、やっぱり大丈夫、ごめんなさい」

へ？　と思ってリリーが見上げた校舎のほうを見ると、二階の窓に一瞬金髪の影が見える。

なにがなんだかわからないうちにリリーはどこかへ行ってしまい、また俺ら三人だけの東屋になった。

「なんだったんだろう……」

「さあな」

結局そのあとリリーに会うことはなく、五限、六限が終わって帰路につく。

どこか悶々としたまま公爵邸に帰宅すると、出迎えてくれたセバスさんが一通の封筒を俺に差し出した。

「こちらジル様宛でございます」

「え？　俺にですか？」

手紙のやりとりをするような相手なんていないけど……と思って、差出人を確認する。

「はい。ご実家から、ジル様宛に届いておりました」

懐かしい字で『ウェス・シャルマン』と書いてあった。


「本当に行くのか？」

「まぁ、行くと言ってしまいましたし」

食堂で夕食を食べながら、左斜め前に座るライア様へ手紙を渡す。

二人だけにしては広すぎるテーブルには、シャンデリアと燭台の炎で照らし出された夕食が並ぶ。

最初こそ、大きな長テーブルの両端で食事を一緒にしていたが、あまりに遠すぎて声が聞こえ辛いので、普段はライア様から見てテーブルの角を挟んだ右手が俺の定位置になった。

「優しい兄上だな」

ライア様は読み終えた手紙を俺に返すと、素直に褒めたのか、皮肉を込めているのかわからない声音で感想を言う。

「そうなんですかね？　あまり話したことないんですけど」

手紙には「父を公爵家に謝罪に行かせたいが、さすがにそこまでは無理だった。でも、家族みんなの前で事実を認めさせたあと、ジルに謝罪させるから一度帰ってきてほしい」という内容が記されていた。

兄さんは俺のために本気で父を説得したらしい。

父はまだ非を認めてはいないようだが、話し合いの場が設けられただけでも俺には信じられないことだ。

兄が俺のためにわざわざ用意してくれたとしたら、行かないわけにはいかない。

「心配じゃないと言ったら嘘になる」

ライア様が、テーブルに置かれた俺の左手に右手を重ねる。

「リリーも来るみたいですし、大丈夫ですよ」

俺はライア様の不安を取り除くように、重なった手を両手で包み込む。

きっとリリーが今日話したかったのはこのことだろう。もしかしたらリリーも、説得するのに協力してくれたのかもしれない。

それならなおさら、一度でいいから家族みんなで話し合いたかった。

「わかった。でも会うまでの間、アルに変な動きがあったら行くのは考えてほしい」

「はい。でも今回のことは、アル様は関係ないと思いますよ」

兄さんが提示してきた日にちは来週の土曜日。それまでにアル様がなにかしてきたらもちろん実家に近づくのはやめる。でも、アル様の嫌がらせの件と、兄さんの家族会議はまったくの別物。兄さんのほうは一度実家に戻るだけだし、たぶん大丈夫だろう。

「それでもだ」

ライア様はそう言うと、俺の左手の甲にキスをする。

唇が軽く触れただけなのに、そこから微弱な電気が発せられたかのように、甘い痺れが全身に走る。俺はライア様に異変が気づかれないよう、手を握りしめることしかできなかった。


それから一週間。

そわそわしながら学園生活を送っていたけれど、特に大きな出来事もなく、同じ毎日の繰り返しだった。

たまにアル様とリリーが一緒にいるところを見かけるが、こちらにわざわざ来るようなこともない。そんなこんなで、兄さんが指定した土曜日は案外早く訪れた。

「遅くなってても帰ってこなかったら、迎えに行くからな」

「わかりました」

俺、もしかして子供だと思われてる？

過保護なライア様に内心ふふっと笑いつつ、心配してくれることに感謝して俺は約八か月間一度も戻っていない実家へと向かった。

ライアの予感

ジルを見送ったあと、セバスから受け取った調査報告書を読みながら馬車に乗る。

今までアルの身辺を調べさせていたが、フェルの話を聞いてあることを見落としていたのに気づいた。

「……ウェス・シャルマン、王立セネアード大学技術開発学部を首席で合格」

そう、ジルの家族についてだ。特にブランが来て以降、変な動きがなかったため、調査報告書も後回しにしていた。でも言われてみれば、ウェスと会ったのも婚約挨拶の一度きり。そのときも大学の研究で忙しいからと途中で離席してしまったので、ちゃんと話をしたことはない。

「……プリンシア学園では中高寮生活と」

ウェスは今年二十四歳だから、アルとは三年間寮生活をともにしている。十三歳からの三年間となると……私もアルも、一番精神的に不安定なとき。

「接点は一応あったということか」

しかし、それ以上の情報は記されておらず、寮が一緒というだけでは知り合いかどうかも怪しい。同じく私もウェスと三年間一緒の学園にいたはずだが、中等部と高等部では住む世界が違いすぎて出会うことはなかった。

「ライア様、学園に着きました」

「わかった」

思考を巡らせていたら、いつの間にか目的地に着いていたようだ。

馬車を正門前に止め、休みの日でも開いている寮生用の門を通って校舎に入り、とある教室の扉を開ける。

「やあ、ライア君。休みの日しか時間が取れなくて悪いね。適当にかけてくれ」

「いえ、忙しい中時間を作っていただき、ありがとうございます。それで、今日はゼノウェル先生にお聞きしたいことがありまして」

上級算学クラスの準備室は、一見ごちゃごちゃしているように見えるが、すべての書類が綺麗にファイリングされており、ゼノウェル先生の性格がそのまま表されているようだった。

「ああ、そうだった。アル君のことだったかな?」

「はい、そうです。こう、なにか特殊な計算、大きな港を作るような設計について相談されたことはありませんか?」

「大きな港? いや、アル君からはそういったことは一度もないな」

「そうですか……」

アルの周辺を調べたが、港を作れるような設計者だけが見つからなかった。可能性としてはゼノウェル先生だけだったが、それも違ったようだ。

「君も残念だったね。アル君は港に興味がないようだから、君が頑張って許可をもらった沿岸工事の話もなくなってしまうだろう」

「ええ、そうですね」

先生は私の質問を、本来の意図とは違う意味で解釈したらしい。

こちらも本当のことは言えないから、話を合わせる。

「……ウェス君も悲しむだろうな」

「え？」

「ああ、ほら、シャルマン家の長男。君も顔は合わせたことがあるだろう？」

「はい、でもなんで……」

ここでウェスの名前が？　という動揺がバレないよう、言葉を区切る。

「彼も自分の家を大きくするために、港を作りたいと相談してきてね。だからチャールズ教授のいる、王立セネアード大学の技術開発学部を薦めたんだ。ほら、一年前に埋め立ての新しい方法論文を発表したところだよ。君も興味を持っていなかったかな？」

「ああ……はい、そうでした。あそこが出した論文でしたね」

ウェスが港を作ろうとしていたなんて初耳だ。先生には気づかれないよう平静を装いつつ、頭の中で今までの出来事を必死に整理していく。

ウェスはアルと三年間同じ寮にいて港を作る十分な知識もあるようだ。もし自分がアルなら、ウェスを利用しない手はない。

でも、なにか違和感がある。

本能が、見逃してはいけないと警鐘を鳴らす。

「先生、ウェスは頭がいいですよね？　でもなんで最優秀奨学生《モナークスカラー》ではなかったんです？」

そうだ。最初の違和感は、ウェスのような優秀な人材を私がほとんど知らなかったこと。

最高学府の王立セネアード大学に首席で合格できるほどの人間が、プリンシア学園の最優秀奨学生《モナークスカラー》になれないわけがない。でも最優秀奨学生《モナークスカラー》になっていたら、私は知っているはずだ。

「うん、確かに彼は頭がいい。実際、高等部一年までは最優秀奨学生《モナークスカラー》だった」

「一年までは？　高等部二年で、なにかあったんですか？」

ゼノウェル先生は少し考えたあと「アル君と仲のよい君には、話しておいたほうがいいのかもしれない」と言ってから口を開いた。

「昔、君たちが中等部に入ってすぐのころ、アル君が闇取引をしているという噂があっただろう？」

「はい。でもあれはただの噂で……」

「本当に出てきたんだよ。期末試験の抜き打ち調査のとき。彼の部屋から海外の薬がね」

「えっ!?」

先生の言葉に耳を疑う。

海外の薬とは、大陸輸入の違法麻薬だろう。でもアルがそこまで追い詰められていたなんて信じられない。

「で、でもそんなことが実際に起これば、大きな騒ぎになっているはずですよね？」

「アル君は第一王子だから、特例で高等部の一人部屋を使っていた。だから実際に見たのは私と学園長だけだ」

「じゃあ、先生と学園長がもみ消したって言うんですか⁉」

先生はこちらの言葉を否定せずに、淡々と話を続ける。

「隣室のウェス君が庇ったんだ。たぶん、壁越しに私たちの声が聞こえてしまったのだろう。『将来国を担う王子に傷がつくなら、上級生の僕が犠牲になります』って言って。私と学園長は脅されているんじゃないかと思って、一生懸命説得したんだが『アル様は王にふさわしい人だ。ただ、心優しいゆえに良心の呵責に耐えられず、たった一度道を踏み外してしまっただけ。今なら僕がやったことにすれば、彼の経歴には傷がつかない』とまったく聞く耳持たなくてね……説得というか懇願だったな、あれは」

アルとウェスにそんな出来事があったなんて。

新年度祭《ノイエス・ヤール》で会ったときも、親しげな様子なんてなかったのに。

「……それでどうしたんですか？」

「今度は私が学園長を説得する番だった。『ウェス君を退学させたら、それこそサルタニアにとって大きな損失になる』ってね。まぁ、私にそう言わせるほど彼は素晴らしい生徒だったたよ。結局学園長は一度だけ見逃す代わりに、私に毎回ウェス君の成績を一段階落とせと命令した。要は、最優秀奨学生《モナークスカラー》にふさわしくないと判断されたんだ」

先生は長い息を吐くと、つぶやくように「成績をわざと操作したのは彼だけだ。信じてもらえないかもしれないがな」と締めくくる。

今先生が言ったことがもし事実なら、アルはウェスに大きな借りがある。

一生を捧げるほどの、大きな借りが。

「先生、ウェスはどうして、港を作りたいと言っていたんですか？」

ウェスほど頭が切れる人間が、アルをただで庇ったとは考えにくい。

もしそうだとしたらウェスはアルに利用されているのではなく、実際はまったく逆のことが――

「確か、亡くなったお母様との約束らしい。『家を大きくして、立派な領主になった姿を見てみたかったわ』と言われたとかなんとか……その話はよくしていたな」

「そうですか」

約束、か。亡くなった母とウェスが具体的にどんな話をしていたのか、私にはわからない。

でもウェスがどんな手を使ってもシャルマン家を大きくしたいと思っているのなら……

「すみません、急用を思い出してしまって、お先に失礼します。もちろん今聞いた話は誰にも話しませんので」

私は急いで立ち上がり、帰る支度をする。

もし今までのアルの行動に、ウェスが関わっているとしたら。ジルを無理やりにでも実家に帰らせたかったのは、ウェスの考えかもしれない。そして今、ジルは思惑通り実家に帰っている。

考えすぎかもしれない。けれど胸騒ぎが止まらない。

急いで教室を出て、校舎を抜ける。走って寮生用の門の前に飛び出すと、そこには――

「なっ！　なんでお前がここにいる!?」

学園にいるはずのない人物との遭遇に、思わず足が止まった。

◇　◇　◇

――遡ること数時間前。

「懐かしいな」

八か月ぶりに見る実家は、俺が出るころと大きく変わったところはなかった。たった八か月帰っていなかっただけなのに、ここに住んでいたのがもっと昔の気がする。それだけ、公爵家の生活が濃くて、実家の生活が薄かったのだろう。

実家には嫌な思い出こそあれど、いい思い出はほとんどない。父となると特にそうだ。これから会うのかと考えるだけで手のひらに汗が滲む。

兄の指定通りの時間に来たが馬車は俺の一台しかなく、リリーはまだ来ていないようだった。

「どうしようかな」

できればリリーが来てから一緒に入りたいけど、このままでは時間に遅れてしまう。父なら遅刻してきたから話し合いはなしだ！　などと言いかねない。どうしようか悩んでいると、玄関のドアが開いた。

「ジルどうしたの？　馬車が来たのが見えたから待っていたんだけれど、なかなか入ってこないから」

「あ、ああ、ごめん。今行く」

兄さんがドアからひょっこり顔を出している。家の中から見えていたのか。じゃあ、もう先に入るしかない。

俺は腹を括ると、兄さんが開けてくれたドアから中に入った。先を歩く兄の進行方向的に、今日の家族会議の場所は食堂でやるらしい。いよいよ父とのご対面に顔が強張る。

しかし兄が食堂の扉を開けると、そこに父の姿は見えなかった。

「あれ？　父上は？」

「あとで来るよ。先に僕とジルだけで話をしたくて」

「あ、そうなんだ」

だからリリーの馬車もなかったのか。

とりあえず兄と二人だけと聞いて緊張で固くなっていた体が楽になる。

「そこに座って。今お茶を入れてくる」

「あれ？　使用人はどうしたの？」

「今日は休みにさせたんだ。あまり部外者に聞かれたくない話だから」

じゃあ別にお茶はいいよ、と俺が言う前に兄は食堂から出ていってしまった。

仕方なく言われた席で大人しく待つ。

最後に食堂に入ったのはいつだろう。特別な日——兄が帰ってきたときとか、リリーの誕生日とか——ぐらいしか入れてもらえず、一人部屋で食べていたからな……

家に入ってからずっとあのころを思い出すものばかりで、胃がぎゅっとなる。

自分の家にいるはずなのにまったく落ち着かない。早く公爵家に帰りたい。

「お待たせ」

俺が実家にいながらもホームシックを患っていると、二人分のティーセットを持って兄が戻ってきた。

「わざわざごめんね、ありがとう」

「いいんだよ。こっちが行くべきなのに来てもらったんだから。これぐらいはさせてよ」

目の前に座った兄からお茶の入ったティーカップを受けとる。でも今は胃になにも入る気がしなくて、すっと脇に寄せた。

「そうだ、ジルと二人きりで話したかった理由はこれなんだ」

兄はまた部屋を出たと思ったら、一枚の紙とペンを持って戻ってきた。

「これは……」

「雇用契約書だよ。また父に不当に働かせられないようにするためのね。これにサインしてくれれば、父はジルに賃金を支払わざるを得ないし、簡単に罰を与えることもできない。できれば損害賠償もさせたいけれど、今の僕にはこれしかできなかった」

俺は渡された書類に目を通す。過去の償いをさせるのは難しくても、俺が将来虐げられないように考えてくれたんだ。本気で俺のことを考えてくれていると知って胸がじーんと温かくなる。

「ありがとう、兄さん」

ライア様と結んだ雇用契約書よりいっぱい文章が書いてあって難しい言い回しがされているが、大方兄さんが言った通りの内容だった。

まぁ大丈夫だろう、とペンを借りてサインしようとしたとき、とある一文が目に入った。

「兄さん、この第三者ってライア様も入る？」

「ん？　ああ、そうだね」

その一文は簡単に言うと『第三者が俺を働かせることはできない』と書かれていた。

要は実家でしか働けないってことだよな？

「それは父が外部の人間を使ってジルを働かせようとするときのために書いたんだ」

「そっか、でも俺、ライア様の下で働きたいから……」

俺がごにょごにょ言っていると、兄さんが悲しむような目をする。

「ごめん。ジルが実家をそこまで嫌いになっていたなんて……僕がもっと早く気づいていれば」

「ち、違うよ。そうじゃないんだ」

明らかに落ち込む兄さんに、俺は慌てて実家に帰らない理由を話す。

「実家が嫌いなんじゃなくて、俺がライア様と一緒にいたいんだ。だから兄さんのせいじゃないよ。もし、実家が大変なら、ライア様に相談して休みの日とか手伝いにくるからさ」

帰らないのは実家が好きじゃないというのもあるが、一番はライア様の役に立ちたい気持ちが強い。だからここまでしてくれた兄さんが、自責の念にかられるのは違う。

「そうなんだ……わかった」

兄さんはどことなく冷たい声でそう言うと、俺から書類を受け取りじっくり見始めた。

せっかく用意してくれた書類に口を挟んでしまい、少し気まずい空気になる。

俺は静かな空間に間が持たず、脇に寄せていたお茶に口をつけた。

お互いしばらく無言のまま、俺はリリーが来る馬車の音を早く聞きたいと思っていた。

「ジルはさ、今幸せ？」

「え？」

ちょうどカップのお茶をすべて飲み切ってしまい、この沈黙にどう耐えようか考えていたとき。

兄さんが突然変な質問をしてきた。

「ライア様と一緒にいるほうが、楽しい？」

どういう意図で聞いてきたのか思案するが、兄さんは感情が読めない目でこちらを見つめるばかり。どう答えたら兄さんを傷つけないだろうか……と考えてもいい案が思い浮かばず、正直に言うしかなかった。

「うん。俺は今幸せだし、楽しいよ」

「そっか」

俺から目線を外し、席を立つ兄さんに「でも、兄さんのことは嫌いじゃゃ」と引き止めようとしたが、うまく口が回らなくなった。

「あ、れぇ」

「ジルはね、幸せになっちゃいけないんだよ」

ゆっくり歩きながら近づいてくる兄さんの姿を、俺は目で追うことしかできない。

首も顔も俺の意思に反して、兄さんがさっきまで座っていた席のほうを向くばかり。急に言うことを聞かなくなった体に加え、兄さんのおかしな様子と意味のわからない発言が、より頭をパニックにさせる。

「ジルは人を殺して生まれてきたんだよ？　そんなやつが、幸せになっていいわけがない」

「な、なにを」

「なにを言っているの？」と声に出したくても筋肉がうまく動いてくれず、音にならなかった。

「六月十三日」

六月十三日？　脈絡のない会話に困惑しつつ、その日がなんの日か、まだ動く脳を使って一心不乱に考える。

そうだ。六月十三日は俺が生まれた日。そして母の――

「母の命日だ。ジルが罪を犯した日だよ。たとえ世間がジルを犯罪者と認めなくても、僕は……僕だけは、お前を許さない」

すでに兄さんは俺の視野から抜け出し、真横から歩いてくる足音だけが距離を測る物差しになる。

「公爵家から慰謝料の話を聞いたとき、これはいいと思ったよ。こっちは大金を払わずに済むし、冷酷非道のライア様なら、馬鹿なお前に罰を与えてくれると思ったから」

足音がやみ、耳元に息がかかる。

めいっぱいいい、兄さんがいるはずのほうに眼球を動かしても、首が前を向いたままで隣にいるはずの姿が見えない。

「でも蓋を開けてみたらどうだ？　ライア様は罰どころか犯罪者のお前を大事にして、学園にまで連れていくって言うじゃないか！」

激昂とともにやってきた一瞬の浮遊感と次にくるであろう衝撃に耐えるため、ぎゅっと目を閉じる。

ガッシャーンッ！

「うゔ！」

大きな音を立てて床に椅子ごと突き飛ばされ、動かない体を足で仰向けに転がされる。

「だから連れ戻そうとしたのに。お前は拒否して、ライア様もそう簡単に手離さない。いつからそんな意思を持つようになったの？　それもライア様が、お前に与えたの？」

兄さんは俺の上にまたがり、首の動かない俺の視界に入るよう顔を覗き込む。

やっと見えた兄の姿を、俺はぎりっと睨もうとして――

「……っ⁉」

今にも泣きそうに見えた表情に、目を見開いた。

「あいつはお前のことをなにも知らないからそんなことができるんだ。お前が犯罪者だってわかれば、優しくなんかできない！」

あまりにも辛そうに責めてくる兄さんに、俺は心の中で訴える。

ねぇ、どうしてそんなに苦しそうなの？

なんで、泣きそうな顔で俺を見るの？

俺はふと、母を亡くした兄さんの悲しみに誰か寄り添ってくれる人はいたのだろうか？　と思った。

もし、誰かを憎んでまで悲しみを乗り越えないといけない状況が、幼い兄さんを襲ったとしたら、憎む相手は俺しかいないだろう。

でも今の兄さんは、実の弟を恨むことに苦しんでいるのでは？

少なくとも、俺の目にはそう映った。

「新年度祭《ノイエス・ヤール》のスピーチを聞いて確信したんだ。生きているだけでも罪深いのに、家を貶めるような発言までするなんて。やっぱり犯罪者は家から出しちゃいけなかったんだ」

兄さんは必要もないのに、痕が残りそうなぐらい強い力で俺の右手を抑えつけると、ポケットから小さなナイフを取り出した。

「や、やめっ」

「やめてとか言える立場じゃないよね、俺の母さんを奪っておいてさぁ！」

大きな声に俺も泣きそうになる。それは刺されるのが怖いだけじゃなくて、兄さんの悲痛な叫びに心が引き裂かれそうになったから。

兄さんだって、最初から俺をこんなに憎んでいたわけじゃないはず。でもそうせざるを得なかったなにかが、あったんだ。

でも、俺にはその原因がわからない。だって、兄さんと俺じゃ住む世界が違うと向き合う前から諦めていたのは、俺のほうだから。

「でも、これでお前もずっと家にいられる。幸せじゃなくなる。お前だけが幸せになるのは、許されない」

兄さんは揺れ動く瞳で見つめながら、ナイフを近づけてくる。

俺は覚悟を決めて、息をつめた。が、抉られるような衝撃は一切来ず、抑えつけられた右手の親指に、ほんの少し刃が当たっただけだった。

そして、兄さんはナイフを捨てると、テーブルの上に手を伸ばす。

もしかして、兄さんは血判をさせようとしている⁉

どうにか契約書に判を押すことを拒もうと身動きをしようとするが、俺の体はあいかわらず命令を無視して床に寝転がったまま。とうとう兄さんの手に書類が握られたとき――

食堂の窓ガラスが割れる大きな音がした。

同時に視界から兄さんがふっ飛び、体に乗っていた重みもなくなる。

なにが起こったのかわからないまま、できる限り兄さんが飛ばされた足元のほうに目を動かすと、額に汗を浮かべたライア様が駆け寄ってくるのが見えた。

「ジル！　大丈夫か⁉」

「ラ、ライアさ、まっ！」

ライア様は今まで見たこともない焦りようで俺の上体を起こす。

どうしてここに？　俺は無事ですから、どうか兄さんにひどいことをしないで。

ライア様に伝えたいことがいっぱいあるのに、どれも言葉にならない。代わりに安堵と悔しさの涙が、目から溢れる。

ぐったりとして泣くことしかできない俺の様子に、ライア様の眼光がより鋭い殺気を伴った。

「来るのが早かったですね」

ライア様に突き飛ばされたはずの兄さんがよろけながら立ち上がる。

さっきまで俺に見せていた苦悩はどこにもなく、ライア様を挑発するかのような飄々とした態度に、また俺は胸が痛くなった。

そうやって仮面を被って誰にも本心を話さず、兄さんは一人、なにと戦ってるの？

「貴様っ！　ジルになにをした！」

「こいつはたまたま紅茶に入っていた筋肉弛緩剤を飲んだだけですよ。大丈夫、死にはしません」

「なっ！」

今にでも兄さんを殺してしまうのではと思うほど、ライア様は怒気を孕んだ声を出す。

俺は止めたくてもまったく使い物にならない体に、なんで動かないんだよ！　と心の中で叫ぶことしかできない。

「おっと、今ここで僕に危害を加えたらあとが面倒ですよ。それに、その様子なら僕の友達が誰なのかもう知っているはず。早く逃げないと、捕まりますよ」

兄さんの発言に、立ち上がりかけたライア様の動きがぴたっと止まった。兄さんの言った友達が誰なのかわからないが、公爵家が手が出せないと判断するほどの人物らしい。

ライア様は歯を強く食いしばって、俺を支える手にぐっと力を込めた。

「くそっ！　なんでこんなことをした！」

「なんで？　なんではこちらのセリフですよ。わざわざ犯罪者を助けに来るなんて」

「犯罪者？」

「ほら、やっぱり知らなかったんだ」

ライア様が聞こえてきた言葉に耳を疑うと、兄さんは一人納得したように頷く。

「ジルはね、生まれたときに母親を殺したんですよ。実の母親を！　だからこいつは、生まれながらにして犯罪者なんだ！」

「お、お前」

「そんなやつ、ライア様もいらないでしょう？　ねぇ、だから僕にくださいよ。僕が必ずこいつを不幸にしますから」

笑顔で自信満々に言う兄さんは狂気じみていて、ライア様も言葉を返せない。

しかし、虚を突かれたのも一瞬のようで守るように俺の体を強く抱く。

「知っていたさ。ジルが生まれるとき、母親が亡くなったことは。でもそれでジルを犯罪者だと思ったことはない！」

今度は兄さんが、ライア様の言葉にショックを受けて立ち尽くしてしまった。

うつろな目でふらふらしたかと思うと、親指の爪を噛んでぶつぶつなにか言っている。最後には「ライア様ならこの気持ちがわかると思ったのに」と吐き捨てた。

「ねぇ、教えてくださいよ。両親を殺したアルを恨んでいないんですか？　なんで普通に接することができるんですか？」

こんなことを聞く兄さんを、ライア様は最低な人間だと思うだろう。

でも俺には助けを求めているようにしか見えない。俺を恨む以外の方法を誰か兄さんに教えてあげてたら、こんな残酷な未来はなかったはずだ。

「アルは殺人なんて犯していない。あれは事故だ。誰も悪くない」

「はは、そうですか。ライア様と僕じゃ、話にならない」

兄さんの心に巣食う闇に、ライア様の言葉はまっすぐすぎる。頭のいい兄さんならそんな事実、とっくのとうにわかっていなきゃおかしい。

でも、ライア様と違って兄さんの周りにセバスさんやアンナさんはいない。愛を与えてくれる人なんて、母が亡くなってから俺たち兄弟には現れなかったじゃないか。

だから、捻じ曲がってしまった。ライア様のように受け入れることができずに――

「早くそいつを連れて帰ってくださいよ。今の僕には連れていかれるジルを引き止めることはできないし、あなたも僕を訴えられない。警察が来ても、お互い余計な事務処理が増えるだけだ」

兄さんを覆う影を追い払いたくても、俺の腕は無力にただ垂れ下がるだけ。

「でも諦めませんよ。そいつに生まれてきた罪を償わせることを」

はっきりと憎悪の感情を込めて睨みつけられても、俺は兄さんと話をしたい。

まだ間に合う。兄さんが俺を恨むことに苦しんでいる限り、俺も諦められない。

「ウェス、無事で済むと思うなよ」

ライア様は一度も聞いたことがない低い声で言うと、俺をそのまま横抱きして外に出た。

「ジル、ジルっ！　おいっ！　大丈夫か!?」

「ラ、ライアさ、ま」

ライア様は走ってどこかに向かっているようだ。

しかし、俺は強烈な眠気に襲われて、瞼が閉じそうになる。

「おい、目を開けろジル！」

馬車の天井と思われる物が見えたときには、ほとんど目は開けられなくなっていた。が、ライア様の肩に寄りかかるように座らされると、目の前にもう一人乗客がいたことに気づく。

「あ、あれ……な、なんで、ここに……」

朦朧とする意識の中。いるはずのない人物と目が合って——俺は眠りに引きずり込まれていった。


意識が表層に浮上して、うっすらと目を開けると、見慣れた天井があった。

まだ視界はかすみがかかっているが、何回か瞬きをするとはっきり見えてくる。

「あ、れぇ……」

「ジル！　起きたか！」

左のほうから聞こえてくる声に首を傾けると、体は素直に言うことを聞いた。

「……ライア様」

ライア様はベッドサイドで俺の左手を握りしめている。

心配そうな顔を安心させたくて軽く握り返したら、指はちゃんと俺の意志に反応してくれた。

「よかった！　今医者を呼んでくる」

安堵した様子のライア様が、走って部屋から出ていく。

部屋の窓から見える外の景色は、濃い夕闇に変わっていた。

あれから何時間経ったのだろうか。

ライア様は実家に現れたときと同じ服装だから、そこまで気を失ってたわけじゃなさそうだ。もち上げた右手の親指にはガーゼが巻かれており、先ほどの出来事が夢じゃなかったことを実感する。

兄さんにされたことを思い出して心臓が痛くなった。

でもそれより兄さんと話し合いたい。どうしてああなってしまったのか、ちゃんと向き合いたい。

目を覚まして冷静になった今も、その気持ちに変化はなかった。

「ジル、連れてきたぞ。起き上がれるか？」

ライア様と一緒に入ってきたお医者さんに触診と問診をしてもらうと、異常なしの診断結果が出た。俺は大体三時間ほど寝ていたらしく、お医者さんが言うには、飲んだ薬の副作用だろうとのこと。

体に後遺症が残るような薬でもないから、明日から普段通り生活して大丈夫ですよ、と言ってお医者さんは部屋から出ていった。

ライア様は一旦部屋を出ると、俺のために水と軽食を載せたトレーを持ってきてくれる。

「あ、すみません、ありがとうございます」

お礼を言いながら受け取る。こういうのは普段ナティさんがやってくれるから、ライア様に運ばせてしまって申し訳ない。

ライア様は部屋を出ず、そのままベッドサイドに置いた椅子に座った。

「……ジル」

「ライア様、ありがとうございます。助けに来てくれて」

俺はライア様がなにか言う前に、一番伝えたかったことを言う。

それでもライア様は思いつめたように膝の上で両手を握りしめるので、俺はライア様の手を優しく包み込む。

「今回の件、俺の考えが軽率でした」

「いや！　私がもっと早く気づいていれば！」

俺は首を振って、ライア様の言葉を否定する。

「ライア様は俺が行く前から忠告してくださってたじゃないですか。それでも行きたいって言ったのは俺です。心配かけて、すみませんでした」

頭を下げて謝ると、少し間があったあとにライア様が俺の手に指を絡ませ、「ジルが無事で本当によかった」と言って握り返してくれた。

顔を上げてライア様を見ると、先ほどの思いつめた表情は消え、いつも通りの優しい瞳に戻っていて安心する。

「でもなんで兄さんが怪しいって気づいたんですか？　それに、兄さんの友達って」

「それは……」

ライア様は実家に来るまでの経緯をすべて話してくれた。兄さんとアル様の関係。密輸入の貿易港のこと。ほかにも政治の話も含め、俺には内緒で前々から調査していたことも打ち明けてくれた。

俺が内緒にされて悲しむと思ったのか「できればジルを巻き込みたくなかった」と弁明するライア様に、俺は「ライア様のことは信じてますから大丈夫ですよ」と笑顔で返す。

「じゃあ、密輸入の物的証拠が見つかれば、アル様を止められるんですね」

しかし、それだけでは兄さんを罪に問えない。家を大きくするために間違った方法を取っている兄さんを止めるには、アル様を操っている証拠がなければ――

「ああ。でも、もう証拠はあるんだ。それも、ウェスとアルが関わっていたのがわかる証拠だ」

「え!?　じゃあ、それを今すぐルイ様に渡せば」

「しかし、その証拠はアルの私室にあって、部屋を捜査する理由がないと難しい」

「部屋を捜査する理由……」

第一王子の部屋を捜査するとなると、誰もが納得するような理由づけを考えなければならない。

でも、それなら――

「俺にいい案があります。ちょっと、時間はかかってしまいますが」

「本当か⁉」

アル様の性格と、今日会った兄さんの様子。それらを考慮したら、多分うまくいく。フェル様にも協力していただかなければならないが、アル様が悪の道へ進むのを止めるなら、手を貸してくれるだろう。

ライア様は「それはどういう案なんだ？」と先を促し、こちらを見る。

しかし、俺は案を伝える前に言っておきたいことがあった。

「その前に確認してもいいですか？　ライア様はやっぱり、兄さんをおかしなやつだと思いますか？」

俺の質問に、ライア様は目を伏せる。しばらく考え込んだあと、

「私はそう思う。でもジルは違うんだろう？」

と静かに言った。

ライア様はやっぱり気づいていたんだ。俺が兄さんに非情なことをされても、恨んでいないと。

「俺、実家にいるときは、父から受ける理不尽な扱いに反抗したことがありませんでした。次男だから、同性愛者だからと、自分を責めて話し合いから逃げていたんです。でもそれは間違っていた」

ぽつぽつと俺の考えをライア様に話していく。

リリーだって、俺が冷遇されているのを嫌だと言ったら驚いていたじゃないか。みんなから見た

ら、意思のない人形のようだったんだろう。俺は殻に閉じこもって楽なほうに逃げていただけ。一度だって兄さんの状況を考えたことがあっただろうか。

「ずっと、兄さんは父から愛されているのだと思ってました。将来を期待され、学園にも通わせてもらえて。でも、きっと違う。兄さんには、兄さんの苦悩があるんです」

ライア様に絡む指に、力をこめる。

兄さんがああなってしまったのは、家族と向き合うことから逃げてきた俺にも責任があるとは思う。

けれど、一番の原因は――

「ライア様、お願いがあるんです。父を調べてくれませんか？　特に、兄さんとの関係について」

俺は兄さんと父の関係を表面でしか知らない。

しかし、俺には調べる手段なんてないから、ライア様に頼るしか方法が思いつかなかった。

「わかった。ジルの頼みだ。調べさせよう」

「ありがとうございます」

お礼を言う俺の頭をライア様が優しく撫でる。

俺は頼みを聞いてもらえたお礼に、微笑み返した。

「それじゃあ、ジルの言う『いい案』を聞かせてもらおうか？」

「あ、はい！　俺の考えですと、三週間後の建国記念祭のときに――」

今はまだなにも解決できていない。でも、内に閉じこもるのはもうやめた。ライア様のそばにい続けるためにも、俺は兄さんとアル様を、絶対に摘発してみせる。

それから約三週間。兄さんもアル様も手出しができないのか、それともそんな暇がないのか。とにもかくにも、表面上は穏やかな日々が過ぎている間に、建国記念祭の時期がやってきた。

建国記念祭は新年度祭《ノイエス・ヤール》と同じく、サルタニア王国の著名人が集まる大きな王室行事だ。しかし新年度祭《ノイエス・ヤール》とは違い、お昼に開かれる。

俺はまたナティさんとセバスさんに着付けてもらって王室に向かう馬車に乗るが、一月のときとは違う緊張感に包まれていた。

それはライア様も同じようで、お互い無言の空間は戦いに挑む前の静けさに思えた。

「ライア様、ジル様。ごきげんよう」

「やぁ、フェル。ルイ様は？」

「なにか用事があるとかで、直前に来るそうです」

王宮に着くと、一人で来ていたフェル様に話しかけられた。

今日はお昼用のドレスなのか、前に見たときとは異なる淡い色のドレスを身につけていて、あいかわらず会場の華になっている。

ルイ様がこの場にいないのは事前の打ち合わせ通りだ。

それをお互い確認すると、フェル様が遠回しに俺の成果を聞いてきた。

「ジル様は、この三週間いかがお過ごしでしたか？」

「ええ、毎日打ち込んでいましたから、そこは大丈夫かと」

不安はあるけれど、という一言をつけたそうとしたとき、アル様とリリーが入ってくるのが見えた。

すると、一気に貴族たちのざわめきが大きくなる。

「ねぇ、アル様がまた闇取引を始めたって本当？」

「ああ、どうも違法薬物にはまっているらしいぞ」

「だからあんなに顔がやつれているのね。恐ろしいわ」

三人で顔を見合わせ、フェル様の裏工作が噂として広まっているのを確信する。

さて、準備は整った。あとは、アル様がどう出てくるか。

どきどきしながら立っていると、サルタニア王が登壇する。

そしてとうとう、建国記念祭が始まろうか、というとき――

「父上、ひとつよろしいですか」

大広間に響くアル様の声に、貴族たちがざわつく。

同じく、俺たち三人も緊張した面持ちになった。

会場の様子など気にせず、壇上に上がっていくアル様の手は、よく見ると震えている。

「祝いの場だが、残念な知らせがある」

状況を把握できていない貴族たちの囁きは、大広間を埋め尽くしていく。

アル様はひとつ深呼吸をすると、大きな声で宣言した。

「今ここに、違法薬物の取引をした人物がいる！」

しんっと空気が止まる。

しかし、アル様の言葉を理解すると誰もが「え？」「どういうこと？」と騒ぎ立てた。そのうち誰かが、「だ、誰なんですか！　その人物は⁉」と叫ぶと、アル様は貴族の質問に答えるかのように、とある場所をすっと指差した。

「その人物は……ライア・ダルトン公爵だ！」

隣でライア様が肩をすくめるのがわかった。

「証拠もないのにそんな言いがかり。心外ですな、アル王子」

貴族たちの目線がこちらに集中する。

公の場だからか、ライア様は敬称をつけてアル様の名前を呼んだ。

「ふんっ！　証拠ならある！　こちらに来い！」

アル様は壇上から下りてくるとホールのど真ん中で止まり、貴族たちは囲むように円になる。

ライア様はアル様の言葉を受けて、ホールの中心地へ向かった。

俺とフェル様もそのあとをついていくが、ライア様の後ろ姿は今から断罪されるとは思えないほど堂々としたものだ。

「それで、証拠とはなんですか？」

アル様の前にライア様が立つと、余計格の違いがわかってしまう。

大勢の前でもまったく緊張していないライア様と、手が震えているアル様。これじゃあ、どちらが王子かわからない。

「先ほど密告があったのだ。お前が陰で怪しい人物とやりとりをしているとな！」

「ほう、その怪しい人物とは彼ではないですか？　さっきまで一緒にいましたから。それに、怪しいやりとりをしていただけでは、証拠としては不十分ですよ」

ライア様は俺を手で示すと、アル様を馬鹿にしたように鼻で笑う。

もちろん、ライア様の態度が癇に障らないわけはなく、アル様は顔を真っ赤にさせて肩を震わす。

「そんな軽口叩けるのも今のうちだぞ！　これが証拠だ！」

アル様はライア様のジャケットに手を伸ばすと、内ポケットから白い錠剤が入った小袋を取り出した。

「……！」

おっとそんなところから。

ライア様が隣で目を見張る。でも俺はしっかりと見えてしまった。ジャケットから手を出すとき、アル様の袖口から錠剤の入った袋が出てくるのを。

「ふっ！　これで言い逃れはできないな！」

周りを取り囲む貴族たちから、驚きの声が上がった。

「あのライア様が？」

「嘘でしょ？　じゃあ、あの噂ってアル様じゃなくて……」

「公爵家も、終わったな」

しかし、俺はそんな雑音を無視して、アル様の持っている錠剤に全神経を集中させる。

大きさは五ミリほど、個数はひとつ。

よかった。予想した中で一番楽なやつだ。

「アル、その違法麻薬にはどんな効果があるんだ？」

「は？」

ライア様が大勢の人を前にして、いつものようにフレンドリーに話しかける。

その様子に、アル様は面食らったようだ。

貴族たちも、危機的状況なのに慌てていないライア様を、不思議そうに見る。

「私はそんな薬使ったことないからな。どうなんだ？　即効性があるのか？」

「なっ！　お、お前！　この状況をわかっているのか⁉」

ライア様に掴みかかろうとするアル様の間に、俺は割って入る。

「おい！　そこをどけ！」

「アル様。その薬、よく見せてもらえませんか？」

「おい！　お前までなんなんだ！」

「本物じゃないから、見せられないのですか？」

アル様は想定していなかった事態にうろたえる。

しかし、流れ的に渡さないと虚偽発言になってしまうと考えたのだろう。俺に袋を渡した。

「中身を見てもいいですか？」

俺はすでに封を開けていたけれど、一応許可をもらう。

「あ、ああ。だが、お前に本物かどうかなんて」

とアル様が言う前に、俺は手のひらに出した錠剤を口に含んだ。

――あっ。

その場にいる人全員の声が聞こえた気がした。

「お、お、お、お前っ！」

わなわなと震えながら、アル様は俺を指差す。

俺はなにも答えず、ごっくんと喉を動かした。

「な、な、なに飲み込んでんだ！」

俺はむせないように気をつけながら、ライア様に向かって頷く。

「やっぱりこれ、さっき渡したラムネですよ」

「そうだよな？　アルはなにを見間違えてたんだ？」

さぁ、なんですかね？　とでもいうように俺とライア様は顔を見合わせてきょとんとする。

「なっ！　なんで!?　お前、普通に立って!?」

「アル様が見間違えたのは、こちらではないですか」

タイミングよく、後ろからフェル様が別の小袋を持って現れる。

そこには、先ほど俺が飲み込んだのと似ている錠剤が入っていた。

「こちらはとある筋から手に入れたものです。アル様はご存じですよね？」

「いや、そんなはずは！　まさか！　私の手元にくるまでの間に差し替えたのか⁉」

「ふふっ、さぁ、どうでしょう？　でもジル様のご様子を見ていただければ、おわかりいただけるかと」

「なっ！　お、お、お前ら！　私を嵌めたな！」

フェル様の袋を奪い取ろうとするアル様の手を止めたのは——

「兄さん。彼女に手を出すのは、僕が許さない」

「ル、ルイっ！」

第二王子の登場に、アル様が絶望した表情を浮かべる。

ルイ様は自分より体格の大きいアル様を華麗に取り押さえると、親衛隊になにか指示を出した。

「くっ、おい！　でもあれは絶対本物だった！　途中で差し替えなんてできるはずがないっ！　ジル、貴様っ！　なんで普通に立って」

アル様は床でじたばたしながらも、俺を睨みつけていると思う。なぜ確証が持てないかと言うと、早くも俺の視界が歪み始めていたからだ。

ルイ王子が今日の建国記念祭の中止を宣言し、会場から早く出るように指示を出す。

ライア様は事情聴取を受けねばならず、俺は混乱に乗じて一人外に出た。

足取りが恐ろしく怪しかったが、なんとか誤魔化しつつ、手配していた馬車に向かう。

くっそ！　ちょっと舐めただけなのに、こんなに効き目があるとは！

な、なんか、手足がふわふわして、呼吸が浅くなってきた。

どうにかこうにか馬車に辿り着き、舌の下に隠していた錠剤を吐き出そうとしたそのとき――

「⁉」

正面から口を手で塞がれた。その勢いで薬を飲み込んでしまい、一気に体が熱くなっていく。

「やっぱりあれ、本物だよね」

にこにこしながら馬車に乗り込んできたのは、実の兄だった。

兄さんは俺に全体重をかけ、身動きを取らせない。

「んっ！　ふっ！」

「すみません！　弟が体調悪そうなので、急いで西通りのほうに行ってもらえますか？」

連絡窓に向けて御者に叫ぶと、ピシャッと窓を閉めた。

こちらの様子は見えなくなり、馬車は動き出してしまう。

「今までのは、アルを嵌める演技でしょ？」

兄さんはすべてを見透かしたかのように、悠然と話す。

「アルはライア様を嵌めるために、自分の持っている薬を袖口から出す手品をした。でも、ジルがその薬を飲んで普通にしているのを見て、自分が持ってきた薬が偽物……要はどこかで差し替えられたものと誤認したんだ。結果あいつは、ボロを出した」

なんとか抵抗しようともがいていても、薬のせいでうまく力が入らない。どんどん脱力していく体に、最初は力づくで押さえていた兄さんも、拘束が必要ないとわかると俺から離れた。

「でも、実際はアルの持ってきた薬は本物で、ジルは薬を舌の下に隠して、普通のふりをしていただけ。あの薬は胃のなかに入っていなければ、効果もそこまで早く出ない。でも飲み込んじゃった今は、どうだろうね？」

「あっ……はぁ……」

肩で息をしながら、目の前に座る兄さんを見つめる。俺が苦しそうにしているからか、兄さんは満面の笑みだ。

「ねぇ、このままだとあとに戻れなくなるよ？　あの薬は一回でもすごい影響があるからね。でも実家に帰れば解毒剤がある」

俺は震え始めた体を抱きしめるように、椅子の上で膝を抱えた。

「契約書にサインすればその苦しみ……今はラリってるから快感かな？　どっちにしろ、今の状態から解放してあげる。どう？　悪くない相談だろう？」

膝の中に顔を埋め、兄さんを見ないようにする。はぁはぁと吐く息が、すぐそばで聞こえる。早く……早くこの波が過ぎてほしい。

「解毒剤は時間が経ってから使っても遅いんだ。ねぇ、どうする？」

俺は兄さんの質問には答えない。変な声が出ないように唇を噛み締めて、ただじっとうずくまる。そのまま数分が過ぎたころ、兄さんは俺の頭を掴んで上を向かせた。

「うっ、あっ」

「早く決めてよ。公爵家に薬物中毒者がいたら、大好きなライア様に迷惑かけるよ？」

だらしない顔を見られたくなくて首を振るが、兄さんは離してくれない。それどころか我慢の限界が近いようで、俺の首に手をかけようとする。

「脳に酸素がいなくなると、後遺症が残る確率が上がるんだ……そんなの嫌だろう？」

「……っ!?」

そ、そんなの聞いていないいっ！

くそっ、待って、あと、あともう少しもう少しだけ……っ！

けれど俺の願いも虚しく、兄さんの指が首を撫でたとき、遠くで馬が駆ける音が聞こえた。

「そこの馬車、止まれ！」

「!?」

ばっと窓の外を見る兄さんに、俺は頑張って作った笑顔で語りかける。

「兄さんは、俺の苦しむ姿好きだもんね……だからこっちに、来ると思ってたよ」

「それはどういう……」

「中にいるんだろう、ウェス！　ジルを連れて今すぐ出てこい！」

愛しい人の声がすぐそばで聞こえてきて、溶けそうな脳みそが安心感でぐずぐずになっていく。

外の声に従って人気のない路地に止まった馬車に兄さんはチッと舌打ちすると、俺を引っ張って外に出た。

「どうしたんですか、ライア様？」

俺は熱った顔をなんとか前に向けると、風で髪型も崩れ、なりふり構わず来た様子のライア様が立っていた。

「僕は体調の悪い弟を看病しようと思ってきただけですよ。今すぐ安静にさせてあげなきゃ」

「まさかとは思ったが、本当に来るとはな。逮捕する手間が省ける」

「逮捕？　なんのことでしょう？」

「アルは違法薬物で捕まったんだ。すぐにお前との関係も明かされる」

「……そうでしょうか？」

兄さんはくくっと笑いながら、

「今回のアルが行った公開処刑。まさか僕が、気づいていないとでも思ったんですか？」

と言った。

「あなたたちがここ数週間、学園で噂を広めているのは知っていました。『第一王子がまた闇取引を始めたらしい』ってね。アルもひどく憔悴しきって何度も僕の研究室に来るもんだから、困っていたんですよ」

——困っていたんですよ。

アル様が聞いたら立ち直れないぐらい、心が折れちゃいそうな言葉だ。

「そしたらある日『ライアに違法薬物所持の罪を着せれば噂もなくなり、ジルも実家に帰ってくる』って言ってきたんです。僕にはすぐにわかりましたよ……アルに違法薬物を持ってこさせて、逮捕するための罠だと。でも、わざと言いませんでした。もう彼の精神は限界で役に立ちそうにない。なら捕まってしまえばいいと思って」

ライア様はただ静かに聞いているように見えるが、握る拳は小さく震えている。

「それで結局アルは捕まった。でもアルは僕のことを絶対に話さない。そう約束しましたから。それに僕がアルとの関係を示すような証拠を残すとでも？　たとえアルを捕まえることはできても、アルと無関係の僕を捕らえる理由は絶対にない！」

勝利を確信したように声高々に叫ぶ兄さんに、ライア様は怒りで強張らせていた肩の力をふっと抜いた。

「お前の敗因は、ジルに執着したことだ」

「敗因？」

なにか様子のおかしいライア様に、兄さんは怪訝そうな声を上げる。

「ジルに執着して、こんなところまでついてこなければまだ間に合ったかもしれないのに」

「なんの、話をしているんです？」

状況が変な方向に向かっていることに、兄さんはまだ気づいていない。

「アルがお前のことを話さなくても問題ない。なぜならちゃんとした証拠があるからだ」

「証拠？　そんなものどこにも……」

「あったんだよ。アルの引き出しの中に、お前とやり取りしている何通もの手紙がな！」

「なにを言って……まさか、あいつ！」

ライア様が余裕な態度をしていられる理由に、兄さんは気づいたようだ。

俺を担ぐ手に力が込められ、うっと声が出る。

「お前は毎回焼いて捨てろとでも言ったんだろう。でもアルはそれはできなかった。なぜなら……

お前がくれる優しい言葉だけが、心の拠り所だったから」

隣で兄さんの、なぜ、どうして、とつぶやく声が耳元で聞こえる。

俺はその疑問に答えるように、兄さんに囁く。

「リリーが教えてくれたんだ……あの日、たまたまいたんだよ。実家に」

俺が馬車で意識を手放す直前に見たのは、愛くるしい瞳を驚愕させるリリーの姿だった。

公爵邸で目覚めたあとも、俺が心配だったのか応接室で待っていてくれたらしい。ライア様が俺の部屋に連れてきたときには、涙で目の周りが腫れていた。

「私がもっと、早くジル兄さまに相談していれば！」

リリーは実家で家族会議が開かれるなんてまったく知らず、たまたま外に出ようとしたとき、ライア様に遭遇して一緒に実家に来たそうだ。

彼女は教えてくれた。たまにアル様が手紙を鞄に忍ばせていること。辛いことがあると、こっそりそれを読んでいること。読む頻度が多くなるたびに、アル様がどんどん追い詰められていくこと――最後には「でも私にはなにも話してくれないの。だから、最低だけれど、手紙を少しだけ見てしまったの……そしたらどうしていいかわからなくなっちゃって」と涙をこぼしながら、すべてを話してくれた。

アル様の鞄を奪うことも考えたが、毎回入っているとも限らず、リスクが高いという結論になった。しかし、手紙が存在するのは確実。だから、今回の強制捜査をする運びとなったのだ。

ライア様がここに来た、ということは寮の前に待機していた第二王子の親衛隊が現物を見つけてくれたのだろう。兄さんはもう、無関係だからと逃げることはできない。

「くっそ！　あいつ！」

「兄さんは、そんな証拠なんてないと……思っているだろうから、俺のほうに来ると思ったよ……これはただの時間稼ぎ。王室で異変を感じた兄さんが……急いで領地に戻って、国外逃亡を……するな……んて、できないようにね」

俺は息も絶え絶えになりながら、兄さんの負けを宣言するが、それでもまだ諦められないのか、焦点の定まらない目でライア様を睨む。

「でもいいんですか？　ジルは薬を全部飲んでしまいましたよ？　このままだとジルは確実に手遅れになるでしょう。でも僕の家に向かえば解毒剤がある。見逃してくれれば」

「そんな危ないもの、ジルに飲ませるわけあるか！　違法薬なんて飲んでない。実際には合法な薬に入れ替わっていたんだ」

「は!?　そんなことできるはず」

「本当だよ……本物ならこんなに、喋れてるわけないだろう？」

一番の最善策は、アル様がライア様を貶めるために薬を手に入れるときに、流通ルートを掴んで先に入れ替えることだったんだけど、残念ながらまったく隙ができなかった。

最終手段として残されたのは、俺のちょっとした手品。

ネタばらしをするとあっけないほど簡単なカラクリだが、指の間に飲む用の薬を入れておいて、アル様が持ってきた薬物は飲むときに袖に隠す。ただそれだけ。

だから個数とか大きさが重要になってくるんだけど、一番楽なものでよかった。わかってみると単純な話だが、兄さんには俺が嫌いな物を舌の下に隠して、あとで吐き出すことがあるのを知っていたから、本物を飲み込んだと思い込んでしまったんだ。

「くそっ！　なんで、こんなことに！」

「お前が恨む相手を間違えなければ、こんなことにはならなかった」

ライア様が一歩、二歩と近づいてくる。

とうとう負けを確信した兄さんは、担いでいた俺を放り出した。

「……っ！」

宙に舞った俺の体は地面に着くギリギリでライア様に抱き止められ、後ろで兄さんの「離せっ！」と言う声が聞こえてくる。

「……危なかった。ちょうど第二王子の親衛隊が迎えにきたぞ」

しかし今の俺には振り返る余裕もなければ、兄さんの暴れる姿を見たいわけでもない。倒れ込むようにライア様にしがみつくと、じくじくと集まる熱を収めるために丸くなるしかなかった。

「おい、大丈夫か？」

「いや、……全然だめ、です」

「だからただの砂糖菓子にしようと言ったんだ！」

ライア様が怒るのもごもっともで、俺が飲んだのはそこらへんで売っている市販の催淫剤。違法薬のラリった感じと似ているらしく、体に害のない成分の薬がいいでしょう、と準備してくれたのはフェル様だった。

「はは……でも俺演技下手だし……途中で、嘘だってバレたら、終わりじゃないですか」

馬車でうずくまったのも、顔を見られたくなかったのも、全部兄さんを騙すため。俺のど素人演技で兄さんが異変を感じたら、そこでゲームオーバーだ。

「だからってなぁ！」

「ラ、ライア様、動かないでっ」

少し布が擦れただけで、あられもない声が出てしまいそうになる。ライア様から下半身の膨らみが見えないように、俺は首にぎゅっと抱きついた。

「……！　くそっ！」

ライア様は親衛隊になにか指示を出すと、丸くなっている俺を抱きかかえて立ち上がる。俺が乗ってきた馬車に向かっているようだが、そんなことよりも運ばれる振動で、あっとか、んっとか、自分から漏れる声が気持ち悪くてライア様に申し訳なく思う。

せめて感じてる顔を見なくて済むように、ライア様に密着して肩越しに息を吐いた。

「急いで公爵邸に向かえ！」

ライア様が御者に怒鳴りながら乗り込むと、馬車はすぐに動き出す。

同時に地面の凹凸《おうとつ》による揺れが俺を襲った。

「うっ、あっ」

「おい、ジル。こっちを見ろ」

ライア様が椅子に座らせた俺を引き剥がそうとしてくるから、上気した顔を見られたくなくてライア様の厚い胸板に額を押しつける。

「ちょっ！　おい！」

「す、すみません！　でも、今は、離れないで……」

キスならまだいい。唇を合わせるだけだ。でもがっつり感じてる男を見て、ライア様が引いてしまったら――俺は一生立ち直れない。

「なっ！　私はジルのためにっ！」

それでもライア様は俺の肩を引っ張ろうとするから、俺は駄々をこねる子供のように背中に手を回した。

「お、お願いです！　き、気持ち悪いとは思うんですけど！」

でもそれより顔を見られるよりはましだ！　ズボンの中で張りつめているものがライア様に当たらないよう腰を引きつつ、少しでも嫌悪感を抱かれないように必死になる。

生理現象なのか涙で視界が滲むし、口で呼吸するたびよだれが溢れそうになるが、ライア様の服だけは汚さないように手のひらで拭う。

すると、急に視界が反転した。

「ジルはまだ、気持ち悪いと、思ってるのか？」

さっきまで弱々しく肩を掴んでいたライア様が一気に俺を押し倒し、俺の両手首を頭上で一まとめに抑えつける。

「み、見ないでください」

顔を隠そうと手を動かしても、ひ弱な俺ではびくともしない。恥ずかしさやら、不安やらが入り混じったぐちゃぐちゃの感情のまま、顔を背け瞑った目からはぽろぽろと涙が流れた。

「こっちを見ろ」

ライア様の怒りを秘めた低い声が上から降ってくる。

これ以上目を閉じていても、ライア様にはもう、俺のはしたない顔が見えているわけで……それならせめて、命令には従おうと恐る恐る目を開けると――

ライア様は瞳に欲情を宿して、こちらを見ていた。

「……んっ」

あっ、と思ったときには、唇が重なっていた。そしてそのまま、ライア様は俺の硬くなっている性器の上に腰を落とす。布ごしでも伝わるライア様の確かな感触に、心臓が激しく脈打つのがわかった。

「キスだけだって言ったんだがな……信じないジルが悪い」

「あぁっ……まっ！」

太ももと太ももの間にライア様の足が挟まると、膝で押されるように刺激が加えられる。

薬で感度の上がっていた性器には強すぎる刺激で、二度三度擦られると一気に高みへ上りつめそうになった。

こ、こんなにも早く!?

薬のせいとはいえ、あまりにも早すぎる反応に顔を真っ赤にさせても、ライア様の瞳に変化はない。それどころか、色欲はより増しているように見えた。

「たとえジルでも……私の愛する人を気持ち悪いと言うのは許せない」

「はぁ……んぁ」

ライア様はまた唇を寄せると、抑えつけていた手をほどく。

俺は自由になった手で、ライア様の背中に抱きついた。

男の俺が喘いでいても軽蔑しない。ライア様は俺を完全に性的対象として見てくれていて、純粋で清い以上の思いを寄せてくれている。

触れることを怖がらなくていい。ライア様の好きも、俺と同じってこと。

そんなの、嬉しさでこの身が焼けてしまいそう。

「ジル、続けてもいいか？」

離れた唇を残念に思っていると、またライア様の足がズボン越しの性器に触れる。

俺は求めに応じるように、触れるような口づけを返した。

それから俺は精を吐き出すことしか考えられなくなってしまって、どうやって公爵邸まで連れてきてもらったのかも、あやふやだった。

気づいたときにはライア様の私室で仰向けに寝かされていて、シャツもズボンも身につけていなかった。

「あんなに出したのに、まだ萎えていないな」

馬車の中で何回吐精したかなんて覚えていない。薬のせいで、普段じゃあり得ないくらい、熱が集まるスピードが早かったのは、ぼんやりとする頭で理解していた。

それでもまだ吐き出し足りないのか、足の中心部分はまたゆるく立ち上がり始めている。

「あ、あんまり、見ないで、ください」

「どうして？　こんなに可愛いのに」

か、可愛いって！　だらしなく性に溺れているだけなのに、まじまじと見られて恥ずかしい。

しかし、そんな羞恥心にかまっている暇もなく、ライア様に足を掴まれ、今まで誰にも見せたことがない秘部を晒される。

「あ、まぁ、待ってください、お、俺、初めてで」

「こっちは使わない。ジルがちゃんと返事をくれるまで」

つんと後孔を触れられただけで、腰が震え、性器が淫靡な反応を見せた。

ライア様はそのまま顔を伏せると、あろうことか立ち上がりかけた先端に舌を這わす。

「えっ!?　あっ、まぁっ」

そのまますべてを呑み込まれて熱く濡れた粘膜に覆われ、ちょっとでも動いたら達してしまいそうになる。

「だ、だめっ、で、でちゃ」

ライア様は俺の声が聞こえてるのか聞こえていないのか、茎を舌で舐めた。俺は押し上げられる快楽に乗せて――

「んっ、あ、……ああっ？」

あと少しでイけそうなところで、ライア様は離れていった。

「ジル悪い。私も限界だ」

びくびくと物欲しそうに揺れる性器の先に、不自然に膨らんだライア様のズボンが見える。ゆっくりとボタンが外され、しっかりと硬さと大きさを持ったそれは、俺の姿を見て反応してくれているわけで……喜びと羞恥で目がとろけていく。

ライア様は俺に覆いかぶさると、自身の性器と俺の性器をくっつけ、大きな手でふたつ一緒に掴み腰を動かした。

「あぁ、んっ……あっ」

先端から溢れ出る透明な液体が、擦れ合う刺激を快感の波に変える。

ライア様によって一旦はのぼり詰められた性器は、すぐに限界が見えてきた。

「ラ、ライアさまっ、あっ……ああっ」

「……ジルっ」

ライア様が俺の唇に噛み付くようなキスをする。口移しで愛欲が伝わってきて、胸が満たされていく。波がすぐそこまで高まったとき、びくっとつま先がシーツを掴んだ。

「んっ、あっ……あっ、ああっ！」

高まった波がどくっと放たれる。それと同時に、自分のものではない生暖かい感覚がお腹の上にかかった。

吐ききった快楽の余韻に、息が荒くなる。

しかし、ライア様は息つく暇も与えずに、ゆるく腰を動かし始め、俺のもすぐに反応してしまう。

お互いに、まだ離れられそうになかった。


翌日。起床とともに喉の痛みを感じて一気に昨日の記憶が蘇り、恥ずかしさで埋もれたくなった。その上、体が綺麗になってパジャマも着ていて、きっとライア様か誰かがお世話してくれたのだろうと思うと、申し訳なさで死にそうだった。

不幸中の幸いは、起きたときにライア様が隣にいなかったこと。

先に目が覚めたのか、温もりはまだ残っていたけれど、本人の姿は部屋中のどこにもない。体も特に痛いところはなく、ライア様はちゃんと最初に言ったことを守ってくれたらしい。薬でわけがわからなくなってたから、手を出されても文句を言うつもりはなかったけれど、めちゃくちゃ大事にされている。

大事にされすぎていて、恥ずかしさのあまりああ〜と独り言を言いながら、かけられている毛布にくるまった。

「おはよう、ジル。芋虫みたいだな」

毛布のせいでライア様が部屋に入ってきた音に気づかず、思いのほか近くで聞こえた声にぎくっと肩が震える。

「お、〟おはようご、ざいます」

俺はどんな顔でライア様を見ればいいのか答えが出ないまま、少しだけ見えるように毛布を開いた。

「ははっ、喉をだいぶ痛めたな、大丈夫か？」

覗き込んでくる眩しい笑顔に、胸がきゅーっとなる。

昨日の色気あるライア様も心臓が抉られるほどよかったけれど、朝の爽やか美青年姿も息ができないほどかっこいい。

俺が呆けたように見ていると、目の前にマグカップが差し出された。

「白湯だ。喉にはいいだろう」

「あ、ありがとう、ございます」

俺は起き上がってマグカップを受け取り、ゆっくり喉を温める。気づかぬうちに水分が出ていたのか、体中に白湯が染み渡った。

「よかった。やっと顔が見れた」

飲むことに集中していたら、いつの間にか毛布は体から離れていたようだ。

ライア様は俺の頭を撫でると、横に座って自分用の白湯を飲み始める。

「き、昨日は、あ、ありがとう、ございました。その、いろいろと」

羞恥心がまさってうまく言えなくなってしまうが、それでも俺の言いたいことは伝わったようで、ライア様が「そうだぞ」と語気を強める。

「我慢するこっちの身にもなってくれ。変な薬で正常な判断ができないジルに最後まで手は出したくない」

「す、すみません」

「まず、あの薬を用意したフェルがいけない」

「ははっ、確かに、最初言い出したときはびっくりしましたね」

ライア様と今回の作戦について、ひとしきり文句と不満を言い合うと、最後には「ま、うまくいってよかった」と言って笑い合った。

「そういえば、アル様と兄さんは」

「今朝、正式に捕まったと連絡があった。それで先に起きてたんだ」

「そうですか。よかったです」

二人が捕まり、俺が公爵家にいることを邪魔する人はいなくなった。

無事、めでたしめでたしなんだけど……

「前にジルが言っていたこと。調べたぞ」

ライア様は立ち上がると、デスクの引き出しから数枚の紙をとってきた。

「ありがとうございます」

俺はお礼を言って受け取るとライア様にも見えるように一緒に読み進める。枚数は多くはない。

でも――

「これは……」

「調べてもらってよかったです」

俺は最後にやらなければならない。
俺とライア様と――兄さんのためにも。

◇　◇　◇

建国記念行事の出来事は瞬く間に広まり、サルタニア王国を震撼させた。事件直後は新聞でも大々的に取り上げられ、密輸入貿易の港は一面を飾り、どこもかしこもこの話題で持ちきりだった。

しかし、数週間もすれば人間飽きてくるのか、四月を前に吹き始めた暖かい春風が、ゆっくりと穏やかに人々の関心を移ろわせていく。

ついこないだまでアル様の話をしていた生徒たちも、今では卒業間際にあるプロムで頭がいっぱいのようで「なに着ていく？」「誰を誘おうか」という囁き声に変わっていた。

「あ、ライア様、見えてきましたよ」

「お、やっとだな」

馬車に揺られること一日弱。

昨日の夕方王都を出て一晩車中泊をし、途中の街で休憩がてら乗り換えてほぼ休まずに移動したら、お昼ごろにはやっと元シャルマン子爵家の海が見えてきた。

お尻は痛いけど、頑張れば意外と早く着く。王都からの距離感も、港に適していたのかもしれない。

「ねぇ、本当にこんなことして大丈夫なの？」

隣で兄さんが眉根を寄せて言う。兄さんの手首には拘束具もなにもなく、やつれた顔は王都を出たときからずっと困惑気味だ。

「ライア様が特別に許可とってくれたって、何回も言ったじゃん」

「私の目の届く範囲に限るがな。変なことをしたら首をはねていい許可ももらってる」

できればそれは見たくないなぁ……

「そ、それに！　兄さんもそんな馬鹿なことしないでしょ。家はなくなっちゃったんだから」

「…………」

アル様と兄さんの処分はまだ正式には発表されていない。

しかし兄さんが捕まった時点で、シャルマン子爵家の爵位と領地の剥奪はほとんど決定事項だ。

母との約束のために家を大きくしようとしていた兄さんに、罪を犯す理由はなくなった。

——俺を不幸に落とす以外は。

「さ、目的地に着いたよ」

防風林の前で馬車を止める。今は砂浜は見えないが、この先の小道を抜けたらすぐに海だ。幼いころ、領地に戻ったときに遊んでいた風景と変わらない。

俺たち三人は馬車を降りて懐かしの海岸へと歩みを進めた。

「じゃ、私はここで待っている」

「ありがとうございます。行こう、兄さん」

「えっ⁉」

防風林を抜けた先、砂浜が広がる小道の出口あたりで、ライア様が止まった。

兄さんは驚きの声を上げるが、俺は気にせず海のほうに近づいていく。

数年ぶりの潮風は少し寒い。でも鼻に抜ける磯の香りは嫌いじゃなかった。

俺は右隣に兄さんが並ぶのを待って、二人で海に向かって腰を下ろす。

ここならライア様の目に届く範囲だけど、波の音で会話は聞こえない。

それに、兄さんが俺と冷静に話せる場所は母との思い出が残ったここしかないと思った。

「知ってると思うけど、シャルマン家は身分剥奪。ここの領地は多分、公爵領になる」

「ふーん。で、僕はどうなるの？　死刑？　終身刑？」

言いたいことはいっぱいあったけれど、俺は先に確認しなければならないことがあった。

「兄さんが領主の仕事をしていたって、本当？」

ハッと兄さんがこちらを見る。

ライア様に調べてもらった父の素行は、どう考えても領地の仕事をしている人間のものではなかった。毎日遊び呆け、散財し、家には滅多に帰らない。

なら誰が代わりに……となったら、一人しかいないだろう。

「十歳からやってたんでしょ？　その年から、我が家の財政は安定してる」

今回の事件でシャルマン家は過去の財務管理など隈なく調べられた。結果、母が亡くなったあと傾いていた家計が、ある年を境に急速に上がっていた。

きっと兄さんは知ってたのだ。父に任せていたら家が没落するって。

普通、十歳の息子に仕事を任せるなんてありえない。

でも兄さんの頭脳は普通じゃないし、父も普通じゃない。

「……学費の捻出のためだよ」

それが本音ではないことぐらい、実の弟ならわかる。

「兄さんは、母上が残してくれた家を頑張って守ろうとしてくれてたんだね」

隣で、息を呑む気配がした。

「でも、本当はいっぱいいっぱいだったんでしょ？　母上もいない、誰も支えてくれない。どうしてこんなことに……って追い詰められて、母上を奪った俺を憎むしかできなかった」

その上、父は俺を虐げていた。領地運営に加え、学園と社交界入りが始まったら、虐げられる俺を助ける余裕なんてない。見て見ぬふりをするしかなかった兄さんは、なにかしら理由を考えた。

――あいつが虐げられるのは、当然の報い。

そう認知が歪んでしまったとしても、誰が責められようか。

「俺、家にいるときさ、なんで自分がこんな扱いを受けているんだろうって疑問に思ったことはあっても、この環境が嫌だって反抗したことはなかった。ずっと自分に原因があるんだと思い込んで、争うことを諦めて楽なほうに逃げていたんだよ」

実家で兄さんの泣きそうな顔を見たときに、思っていたことを話す。

「俺がもっと嫌だって、環境を変えてくれって、話し合っていたら……兄さんの歪んだ憎しみにも、もっと早く気づけたのかなって。兄さんが罪を犯すこともなかったのかなって」

兄さんの置かれた状況は、沈没寸前の船で航海するのと同じだ。でも、兄さんは逃げ出せない。この家は、母が残してくれた唯一のものだから。

それに俺が気づいていたら……今とは違った関係が、築けていただろうに。

「馬鹿だなぁ……お前は馬鹿だ。なんで、自分を責めてるんだよ………だからお前が嫌いなんだ」

震える声でこぼす兄さんの背中を、俺は思わず撫でる。

「兄さん……」

「お前が最低なクソ野郎だったらって、何回思ったか。お前が本当に憎たらしいやつだったら、よかったのにって……」

兄さんは顔を伏せて砂浜に本音をぶつける。

俺は背中をさすりながら言った。

「俺は兄さんを責めないよ。だって、本当に責めるべきは、別の人だから」

「えっ?」

俺は立ち上がって、後ろを振り返った。

「おい、なんだ、こんなところに呼び出して」

「なっ、父上！」

兄さんも横で立ち上がる。

父は俺と同じ癖毛の髪を潮風に濡らして、兄さんよりもやつれた様子で歩いてくる。

「なぁ、ジル。ここに来たら公爵様が家の取り潰しはなしにしてくれるって、本当か？」

開口一番がそれか。

父に感じることもなかった強い苛立ちが、沸々と湧いてくる。

俺たち兄弟は、こんなやつに今までいいようにされてきたのか。

「その前に教えてください。俺と兄さん、どっちが大事ですか？」

「は、はぁ？」

父は質問の意図がわかっていないようだ。それでも答えないと先に進まないと思ったのか、困惑気味に答えた。

「そんなのジルに決まってるだろう？」

「それは、どうしてですか？」

どっちが大事か聞いて兄さんって言うなら、俺はまだ理解できたのかもしれない。

だって、兄さんのことは愛してると思っていたから。

「はぁ？　ウェスは犯罪者だが、お前はライア様に気に入られて、家を救える。男好きのお前は婿入りもできそうもないから、役に立たないと思っていたが……まさかライア様に取り入るとはな、よくやった」

父はそう言って俺の肩を叩こうとしたので、反射的に弾いてしまった。

「おい、ジル……」

「じゃあ、前まで俺を虐げていたのは、家にとって役立たずだったからですか？」

「……ああ、そうだ」

「じゃあ……じゃあ、今まで家のために頑張ってきた兄さんも……兄さんも、役に立たなくなったら、虐げるんですか？」

確かに俺は、実家にいるころは家のために兄さんのようには働いていなかった。だからまだ、責められるのはわかる。でも、兄さんは今までたくさん頑張ってきて、たった一人で家のために尽くしてきた。だからせめて、兄さんだけは——

「はぁ？　そんなの、我が家の恥晒しだ。殺してやりたいぐらいだ」

息ができなかった。

固く握った右の拳。肉を介して骨に当たる感触。

俺のパンチを受けて、湾曲していく父の顔は清々しいほどに醜くて。

いっそ額に入れて飾ってやりたくなった。

「ジ、ジル⁉」

隣で兄さんの叫ぶ声が聞こえて止まっていた息を取り返す。

痛む右手の拳は、確実に人を殴った証拠で……

な、殴った……！　は、初めて人を殴ってしまった！

気づいてしまうと、どっと冷や汗が出る。

自分にこんな暴力的な側面があることにも驚きだが、ちっとも悪いことをしたと思っていないのが、余計に怖い。

「ほ、ほまっ！」

父は殴られてうまく喋れないのか、下手な発音でなにか言う。

俺の貧弱激よわパンチではよろける程度で終わってしまったが、それでも心は晴れやかだった。

「お、お前がっ！　自分で、言ったんだろ！　役立たずは、虐げてもいいって！」

切れる息をそのままに、これまで反抗してこなかった分も載せてすべてを吐き出す。

「ならっ！　一番役立たずなお前を殴っても、文句は言えないだろっ！」

「ほ、ほえいっ！」

俺は溢れる涙をそのままに、叫び続ける。

「おいっ！　兄さんもいいのかよっ！　こんなやつ！　こんなやつのせいで、俺らは苦しんでたんだぞっ！」

「ジ、ジル」

唖然と兄さんがこっちを見る。

「もっともっと怒れよ！　自分でなにもせず、息子に仕事丸投げしてたやつに、殺したいまで言われて、むかつかないのかよ！」

「く、くっそ、ほ、ほまっ！」

「ひっ！」

俺の打撃から回復した父が、ゾンビのように目を充血させて向かってくる。

で、できればもう人は殴りたくない！

俺がそう思って走って逃げる覚悟を決めたとき——

「おぉりゃっ！」

兄さんはボールを蹴るかのように左足を踏み出し、全体重を載せて父の股下を蹴り上げた。

「うっっ⁉」

「に、兄さんっ」

「……最初から、こうすればよかったんだ」

砂浜にしゃがみ込んだ父に、兄さんは息を切らしながらぽつりと呟く。

「最初から、僕は間違えていたんだ。責める相手も、家を大きくするための方法も」

波の音が、父のうめき声を消す。

俺も兄さんも喋らない。波音だけが響く砂浜で、しばらく呆然と立っていると、兄さんが急にごしごしと目元を拭いた。

「あーあ、仮釈放中の身なのに、人を蹴っちゃった。でも終身刑が死刑に変わるだけか」

やっちゃったな、と苦笑いを浮かべる兄さんに、俺はつい昨日決まった罪状を言い渡す。

「……兄さんは、大丈夫だよ。兄さんは死刑でも終身刑でもない……チャールズ先生、ゼノウェル先生、ほかにもいっぱい、兄さんの恩赦を求める署名があったんだ」

「え？」

「だから兄さんは終身刑じゃなくて、無賃でここに港を作る沿岸工事に従事することになった。要は、過酷な労役が課されることになったんだ。ライア様が総責任者だけど、現場監督はチャールズ先生がやる。兄さんには常に監視の人がつくからちょっとでも休んだり、文句を言ったら」

「ま、待って、それはおかしい！　そ、それじゃあ、あまりにも罰が軽すぎる！」

焦ったように兄さんは、俺の話を遮った。

「でも、兄さんに人権はない。一生涯国のために働かされるんだ。それは軽い罰ではないと思うよ」

「で、でも……ア、アルはどうなるの？」

兄さんが心配そうに尋ねてくる。

自分の刑罰より他人を気にするあたり、やっぱり心が悪に染まりきれていない。

「アル様は、北方の孤島に島流し。リリーもついていくって。アル様も嫌がらなかったし、リリーも本気でびっくりしたよ」

「そっか……それは、本当によかった。終身刑じゃなくて」

兄さんは安心したかのように、その場にしゃがみ込んだ。

俺もあの二人は都会より田舎で農作業とか合っていそうだから、勝手ながらよかったなって思う。向こうから本土に来るのは難しくても、こっちからは会いに行けるしね。

「ライア様とフェル様が頑張ってくれたんだ。幸いにも、違法薬物も大きく広がる前だったし」

「そっか……本当に、ありがとう、ジル。僕は……僕は」

顔を俯かせて、兄さんは砂浜に涙の痕を作る。

俺はその背中を、ぽんぽんと優しく叩いた。よかった。やっとこれですべての問題が解決して――


「お、お前ら、よ、よくも！」

「あっ！　わ、忘れてた！」

すっかりいい雰囲気に呑まれて、父をすっかり視界の外に追いやっていた。

ヨロヨロと立ち上がる父に、兄さんと二人で逃げる体勢を作る。

や、やばいっ！　このままだと砂浜で親子三人、地獄の追いかけっこか――!?

「そこまでだ、シャルマン元子爵」

「あ！　ラ、ライア様！」

痛っ！　と叫ぶ父の後ろで、ライア様が父の腕を捻り上げている。

た、助かった……！　兄さんと話していて全然気づかなかったけど、ライア様はいつの間にか近くに来ていたようだ。

「ラ、ライア様？　こ、これはなんの真似で」

動揺する父に、ライア様がとんでもない真実を伝える。

「お前に殺人教唆《きょうさ》の疑いがかかってる」

「「えっ」」

俺と兄さんの声がハモる。やばい父親だとは思っていたけど、そこまでとは思わなかった。

「は、はい？　わ、私はそんなこと」

「お前の周辺を調べていたらいっぱい出てきたぞ。ブランだけじゃない、ほかにもいるな？」

「そ、そんなの嘘だ！」

「それはもうすぐ来る警察が、判断することだ」

ライア様がさっきまでいた小道の出口から、警官らしき人がぞろぞろと出てきた。

「おかしいと思ったんだ。頭のいいウェスが、殺人なんて目立つことをするのか？　と。お前にも恩赦を求める署名が数多く集まれば話は別だが、そうじゃなかったら、一生塀の中かもな」

「くっ、くそっ！」

ライア様はちゃんと調べてくれてたんだ。本当に、頭が上がらない。

「ライア様、ありがとうございます。このままだったら、僕の罪状がひとつ増えるところでした」

兄さんがお礼を言ってお辞儀をした。

ライア様は少し驚いた様子だったけど、「私は別に、真実を明かしたまでだ」と言って、父を警察に引き渡した。

俺は捕まる父を見たくなくて、海のほうに顔を向ける。

波は穏やかに揺れ、反射した陽光がきらきらと輝いていた。

◇　◇　◇

「ジル、本当にそれで行くのか？」

「え？　そ、そんなにダメですか？」

ライア様は学園の大ホールを前にして、再度確認してくる。

俺はナティさんにセットしてもらった髪を少し触りながら、家を出る前に見た姿はそんなに変じゃなかったと思うんだけど……と考えていた。

今日は俺たち五年生の卒業を記念した、プロムが行われる日。

学生はみんな着飾ってくるのがマナーだから、俺は今回もナティさんとセバスさんにお願いして、いい感じに仕立ててもらった。

まぁ、あいかわらずいい感じどころではなかったのだけれど。

でも、新年度祭《ノイエス・ヤール》と建国記念祭とでは違うところがいくつかあった。

「その服装に、その髪型……」

さすがライア様。俺の些細な変化にも気づいてくれたようだ。

ひとつは、この日のために服を新調したこと。毎回ライア様のを借りるわけにもいかないし、これから着る機会も増えるだろうと思って、今回のプロムを期に一からオーダーメイドで作ってもらった。

もちろんセバスさんに手伝ってもらったのだけど、俺の予算に収まる範囲でとても素敵なものを選んでくれた。

おかげで今日でき上がった服を着たとき、スタイルがよく見えすぎて、何度もセバスさんに「え？　これ、え？　俺ですか？」って確認したよね。

もうひとつは、普段出していないおでこが出てること。見慣れなくて最初は気恥ずかしかったけど、ナティさんが自信満々に「とてもかっこいいですよ」と言ってくれたので、それを信じることにした。

——はずだったんだけど……

「や、やっぱりやめたほうがいいですか？　ライア様の隣に立っても変じゃないように、準備してきたんですけど」

服を新調したのだって、慣れない髪型をしているのだって、すべてはライア様の隣に堂々と立つため。もし本人が変だと思うなら、帰って直したほうが……

「いやそれなら、いいんだ。ただ、あまりにも」

ライア様の手が、そっと俺の頬を伝って顎に流れる。

ゆっくりと近づいてくる切長の美しい目に、ぎゅっと目をつぶった。

「今日は私から離れるなよ」

耳元で囁かれる艶やかな声と、ふわりと漂うほのかな甘い香り。

ライア様が正装のときにしかつけない香水の匂いが、俺の服にも少しだけ移った。

「は、はぃ」

「ジル、顔が真っ赤だな」

だ、誰のせいだと思って！　と心の声を言葉にする前に、ライア様はホールの扉を開けてしまったので、俺は慌ててあとに続いた。

学園の大ホールは煌びやかなシャンデリアで照らされ、卒業生を祝うかのように至る所に美しい花々が飾られている。ホールにいる生徒たちも、各々華やかなドレスを身にまとい、王宮行事とは違った和やかな雰囲気があった。

「ライア様、ジル様。このたびはご卒業、おめでとうございます」

俺たちが中に入ると、フェル様が一番最初に挨拶しにきてくれた。プロムは高等部三年から参加できるが、そこにリリーとアル様の姿はない。

「ありがとうございます。本当に、フェル様にはお世話になりました」

俺は深々と頭を下げたが、これだけでは足りないくらいフェル様には感謝している。

「私からも、いろいろありがとう。フェル」

俺の右隣にいたライア様も、軽く頭を下げてお礼を言った。

フェル様は、「そんなお礼を言われるようなことは」と謙遜してから、

「でも、お二人が学園からいなくなってしまうと思うと、寂しいですわね」

と悲しそうに——多分演技ではなく本心で——そう言ってくれた。

少しだけ、今まであった学園の出来事やこれからの沿岸工事のことについて話していたら、いつの間にかホールでは音楽が流れ、ダンスが始まっている。

「あ、あの」

ちょうどそのとき、俺の左側から一人の勇気ある女の子が輪に入ってきた。きっと最後の思い出にと、ライア様をダンスに誘いに来たのだろう。

今日のライア様も息を呑むほど美しかった。パーティーでしか見られない上げた前髪も、プロムだからと少しカジュアルにつけたアクセサリーも、どれも元からあるライア様の美しさを引き立てるのに十分な役割を発揮している。

にしても誘われたら、ライア様はなんて言うんだろう？　行ってほしくないような、でもライア様が断って、心の狭い男と思われたくないような。どちらにせよ、ライア様の判断に任せるしかないかと一人考えていたら――

「ジル様、私とダンスを一緒に踊ってくれませんか⁉」

「え？　俺？」

絶対なにかの間違いだろうと考えても、差し出された手は俺に向けられてて……

あれ？　おかしいなぁ？　と思ってるうちに、俺の隣から腕が伸びる。

「申し訳ないが、ジルには決まった相手がいるんだ。ほかを当たってくれ」

ライア様はそっと女の子の手を下げさせると、薄く笑みを作った。

「あ、そ、そうなん、ですね」

ライア様の笑顔に女の子は顔を真っ赤にさせて、脱兎のごとくその場を離れていく。

俺はぽかーんと一連の動作を見ているしかなかったが、フェル様のふっという笑い声で現実に引き戻された。

「あ、あれ？　今」

「くそっ、だからジルを、こんな格好で連れてきたくなかったんだ」

ライア様はさっきまでの笑みはどこへやら、怒ったように話す。

「ふふっ、ジル様も面倒な方に好かれてしまいましたね」

「へっ?」

「ジルに自覚がないのがいけない」

今のがどういうことなのかわからないまま、俺を置いてけぼりに話が進んでいったら――

「すみません」

今度はフェル様目当ての男子生徒が現れた。

って、あれ？　なんか俺を見てない？

ライア様が不機嫌さを隠さずに、俺のことを引き寄せながら、

「たくっ、どいつもこいつも！」

とホールに響く声で叫んだのだった。


「ふふっ、楽しかったですね」

「私は楽しくなかった」

ライア様の私室にあるバルコニーで、輝く満月を眺めながら俺は笑ってグラスを傾けた。

結局俺たちはプロムに長居せず、早々に切り上げて帰ってきてしまった。

ライア様に群がる人もすごいし、なぜか俺にも来るし。楽しめそうにもないから、公爵邸で大人しく卒業を祝うことにしたのだ。

せっかくならと、夜空が綺麗に見えるバルコニーにテーブルと椅子を用意して公爵家のシェフが作ってくれた軽食をつまみながら、今までの思い出話に花を咲かせた。

「こうやって月を見てると、月光華を思い出しますね」

「そうだな」

白く輝く月光は、温室を照らしていた花たちと同じ光源のように見える。

――あの日の返事を、俺はまだしていない。

俺はグラスを置いて立ち上がると、欄干によりかかった。

ライア様には背を向ける形になってしまうが、今から言う言葉は顔を見て言うには勇気が出なかった。

「ライア様は本当に俺でいいんですか？　俺は男ですし、付き合ったとしてもライア様の利益になるようなものはありません」

何度も聞いたセリフをまた口に出してしまう。

それでもきっとライア様は、その都度同じ言葉を返してくれる。

「ジルがいい。ジルじゃないと嫌だ。利益なんてそんなものはいらない。もしジルを得ることで不利益を被っても、私はジルを取る」

ライア様は俺の右隣に並ぶと、同じように欄干に寄りかかった。

俺にはもったいなさすぎる言葉に鼻の奥がツンとする。

「今ならまだ引き返せますよ」

俺は真剣に言ったが、ライア様はふっと笑うと、

「そう思っているのはジルだけだ」

と言った。

「私はもう引き返せない」

出会ったころは鋭くて怖いと思った目が、今では優しく心を溶かすように俺を見つめる。

「俺も……俺も、引き返せないです」

ライア様の腕にそっと触れて、俺は精一杯気持ちを伝える。

「俺の好きって気持ちを、あなたに伝えてもいいんですか」

「ああ、私もジルが好きだ」

柔らかく微笑むライア様を、月光が照らす。

「俺が愛してるって言っても、困りませんか」

「困るほど言ってくれるのか？」

どこまでも嬉しそうなライア様に、瞳に涙の幕が張る。

「はい、はい……愛してます。愛してます、ライア様」

「私もだ」

背中に腕を回し、お互い心臓の鼓動が聞こえてしまうほどに、強く抱きしめる。

「こんな俺でよければ、お付き合いさせてください」

「私はジルがいいんだ。ジルと一緒にいたい」

俺は腕をほどき、ライア様の端正な顔に手を添える。少しだけ背伸びをして震える唇を重ねた。

「ああ、本当に、本当に嬉しい」

「お、俺もです」

今度はライア様が俺の顎を掴んで熱い舌を入れる。

この数週間で何度も交わした深いキスに、体が快感を拾ってしまう。

「んっ……あっ」

一瞬唇が離れたかと思えば首筋をきつく吸われ、ピリリとした熱が下腹部に集まっていく。

「ジルは無防備すぎる。証をつけておかないと」

ライア様はそう言って首筋を吸い、甘噛みをし、どんどん跡を増やしていく。

思わず「そ、そこは見えちゃ……」と言ったら、キスで唇を塞がれてしまった。そしてとうとう立てなくなってしまった俺をライア様はお姫様抱っこして、私室のベッドに寝かす。

「ま、まって」

「これだけじゃ、まだ足りないだろう？」

ライア様は俺にまたがると、キスをしながら器用にシャツのボタンを外していく。

俺の薄い上半身が晒されると、唇を這わして跡を増やしていった。

首、胸、腹へと下に降りていき、腰回りの際どい場所を吸われ、緩い刺激に喘がされる。

が、ライア様は不自然に膨らみ始めた俺の下半身には見向きもしない。それがだんだん切なくなってきて、視界が潤んできたころ、急に体の芯に熱いものが走った。

「んっ、あっ！」

ライア様が俺の胸の突起に吸いついている。舌で押しつぶしたり転がされたりすると、たまらなく気持ちいい。さっきまで集めていた熱を一気に刺激して、背中がのけぞった。

「ま、まって……あっ」

でもライア様は手を止めない。片方はきつく吸われ、片方はつねられ、腰が震える。両方いっぺんに強い刺激を与えられて、快楽の水位が急激に高まった瞬間――

「んっ、あっ、ああ！」

目の奥で火花が散る。

びくびくっと体が跳ねたあと、ゆっくりと弛緩する俺にライア様がささやく。

「もしかして、イったか？」

俺は図星すぎて、ぽろぽろと涙をこぼすことしかできない。

「うぅ……やっぱり、触ってないのにイく男なんて、きもいって」

「思ってない。ただ感じてるジルを見ると、こっちがやられそうだ」

ライア様は綺麗な目を細めて、俺の顔にいっぱいキスを降らす。

こうやって、俺がつい口に出してしまう不安を毎回否定してくれるところも、大好きだ。おかげで熱に浮かされた脳みそが、ぐずぐずになっていく。

「服、気持ち悪くないか？」

溶けかけていた脳に、ライア様の心配そうな声が届いた。

言われてみると、少しだけ気持ち悪いかも……

「あ、じゃ、じゃあ、お風呂に」

できれば離れたくないけど、このままだと汗臭いし……ライア様の腕から抜けようとしたら、

「私はジルと一緒にいたい。ジルがよければ、一緒に入らないか？」

と抱きつく耳元で囁かれてしまう。俺はなすすべもなく、ライア様の私室にある浴室に運ばれる。

そして絶え間なくお互いの唇を求めながら服を脱ぎ捨て、裸体を晒す。幸いにも浴室の明かりはランプがひとつだけだけれど、ライア様の鍛えられた男らしい腹筋やがっちりした腕の凹凸《おうとつ》がはっきり見えてしまって、心臓が馬鹿みたいにうるさかった。

「ジル……ここは嫌か？」

「っ！」

ライア様の手が背中から腰に周り、俺の後孔に手がかかる。

怖くないと言ったら嘘だけど、ライア様にならこの身を預けたい。

「い、嫌じゃないです。た、ただ、優しくしてもらえると」

「わかった」

ライア様は俺の背中を壁にもたれかけさせると、浴室にあった香油を手に取り、後ろの窄まりをなぞるように触っていく。

未知の感覚に全身が硬直してしまうと、口にライア様の熱い舌が入り込んできた。

「んっ、ふっ……」

キスで軽い酸欠になった頭は、意識がぼーっとしてくる。おかげで自然と体の力が抜けたが、じわじわと窄みがほぐされていく感覚が恥ずかしい。

「あ、んっあぁ」

唇が離れると、今度は敏感になった乳首を舌で転がされ、甘い声が浴室に響く。さっきよりもはっきりと立ち上がって主張している胸の突起に、羞恥がまさって目を逸らした。

「もうそろそろいいか」

ライア様がそう言ったあと、ぷつっとなにか異物が入ってくる感覚に襲われる。

「うっん、あっ」

ゆっくりと中を侵食していくその物体が、ライア様の指だと気づいて、はっと短く息をした。痛くはない。それだけ丁寧にとかされた後孔は、貪欲に指を受け入れていく。

「痛かったら言うんだぞ」

くっと中で指が動いた。そのまま狭い空間を押し広げるかのようにうねうねと動き、快感とも痛みともいえない熱の波が広がる。

途中で指が一本増え、二本増え、全部で三本受け入れたとき――突然それはやってきた。

「ひっ、あぁぁ」

「ここか」

目の前がちかちかするような、びりりっとする痺れが全身を駆け巡る。

「あ、まっ」

俺の制止を聞く前に、ライア様はくちゅくちゅと水音を立てて、執拗にそこを責める。

今まで自分が知っている快感とは違う強烈な痺れが俺を襲い、怖くなってライア様に抱きついた。

「あっ、や、やだ、そこ、あぁ」

「でも、前をこんなに濡らして。本当に嫌か？」

さっき出したばかりの性器は完全に立ち上がって、先端から蜜をこぼす。

ライア様は空いた手でそれを握ると、ゆるゆると動かした。

「あ、あっ……や、やばいっ」

前も後ろも同時に刺激されて、早くも二度目の限界が見えてくる。

「んあっ、ああっ！」

びくっと身体を震わせて、大きな絶頂に頭が真っ白になる。

吐き出したあとも押し寄せる快感にびくびくしながら、俺はライア様にもたれかかった。

「ラ、ライア様……」

「もう立てないみたいだな」

そう言って俺をバスローブでくるんで担ぐと、ベッドに戻ってくる。

「ジル」

ライア様は俺に覆いかぶさると、濡れたままの髪をかき上げた。

その色っぽすぎる仕草に胸がきゅっとなる。

ライア様はその隙に深く口づけをすると、お風呂場から持ってきた香油を手のひらに取り、俺の足を開かせた。

「あ……んっ」

出したばかりなのにゆるく立ち上がってきた中心を晒すのが恥ずかしかったが、そう思う前に後孔に指が入ってくる。浴室でとかされたからか、簡単に三本もの質量を受け入れた。

指はそれよりも広げようと、敏感なところは避けて浅く出入りする。

「んっ、あっ……も、もう、むり」

触れてほしいところには触れないで、与えられる快感に物足りなくなって、腰を少しだけ揺らしてしまう。恥ずかしくても止められない動きに、先走りが溢れた。

「ジル、こっちも限界だ」

指が抜けた代わりに、ぴとっと張り詰めたものがあてがわれる。

その大きさに、少しだけ身がすくむ。

でもとろとろにほぐされた後孔は、ゆっくりと圧をかけられて口を開く。

ぐっと押し込まれ、内臓を圧迫される感覚に何度も短く息を吐いた。

「はぁ……ラ、ライア様の、こ、ここまできてる」

お腹の上に手をやり臍の下あたりをさすると、中がむくっと圧迫される。

え？　ま、まだ大きくなるの？

「ジル。そんなこと言うと、優しくできなくなる」

眉根を寄せて苦しそうなライア様に手を伸ばして、キスをせがんだ。

ひとつになれて、嬉しい。幸せ。夢のよう――

言葉はどれも声にならなくて。代わりにキスをしたら、ライア様がゆっくりと腰を動かした。

「あぁ……んぁっ」

ライア様が大切に扱ってくれたおかげで痛みはなく、ぴりぴりとした疼きだけが全身を支配する。

律動の間に、たまにたまらなく感じるところがあって、頭がじんっと熱くなった。

「ジル、少し激しくしてもいいか」

「んぇ、あっ」

俺の返事なんて待たずに、揺れが激しくなる。

気持ちいいところを何度も擦られ、ぐんぐん快感が高まっていく。

「あっあ、ラ、ライアさ、まっ」

先走りを垂らしていた先端はぴんっと反りたって、刺激を欲する。

あと少し、あと少しで――

「ジル好きだ。愛してる」

「あっ、お、俺、も、好きで……あぁ、ああっ！」

熱が体から抜けていき、じんわりと熱いもので満たされる。

ライア様が俺をぎゅっと抱きしめ、「ああ、本当に手放せない」と切れる息で耳元で囁く。

「俺も、いっぱい愛されて、嬉しいです」

くったりした体で微笑むと、まだ繋がっていた腹の中が膨らむ感覚がする。

「えっ、そ、そんな」

「ジル、夜は長いぞ」

ライア様は欲情に濡れた瞳で俺の唇を奪う。

待って、これ以上は、なんて言う俺の声は喉の奥に消えて、ただ全身で愛に溺れるしかなかった――

エピローグ

朝、目が覚めると温かいなにかに包まれていた。

薄く目を開けると、すーっと寝息を立てる美しい顔が目の前にあって、体が硬直する。

「いっ……！」

同時に腰に鈍い痛みが走り、昨日の記憶が蘇っていく。

「お、俺、ライア様と、あ、あんなことや、こ、こんなことを……！」

かぁぁあ、と羞恥で体が熱くなる。

数分一人であたふたしていたけれど、ライア様は起きる気配がなくて……つい、長いまつ毛や形の綺麗な唇をまじまじと見てしまった。

「……幸せだな」

ライア様が寝ているのをいいことに、小さく独り言をつぶやく。

ライア様は俺が好きで、愛してくれてて。

それは夢じゃなくて、ちゃんと現実で。

この幸せを守るためなら、なんでもしますと、心の中で誓った。

「……頑張らなきゃ」

もっと勉強して、いっぱい学んで。ライア様のそばにい続けられるように努力しよう。今はまだ、ライア様に助けられてばっかりだから。

「なにを頑張るんだ？」

「ひっ！　お、起きてたんですか⁉」

さっきまでは美しい彫刻だったライア様が動いたから、心臓が飛び出そうになる。

「ジルがあまりにも熱心に見るから、起きるに起きられなかった」

「そ、そこから起きてたんですか⁉」

ただでさえ昨日のこともあるのに、余計恥ずかしさが積み重なる。

「で、なにを頑張るんだ？」

「えーっと、その……」

毛布を手繰り寄せ、顔を隠しながら言葉を選ぶ。

「ライア様のそばにいられるように、これからも頑張らなきゃなって……」

ちらっと見上げると、ライア様の眼差しとぶつかる。

俺を愛しているんだなって伝わる柔らかな瞳は、この上なく美しい。

「ジルは十分頑張っている。それに、離れようとしても、私が離さない」

するっと腕が伸びてきて抱きしめられる。

生身の胸板に、おでこが当たった。

「ふふっ、俺、嬉しいです。本当に」

俺はそのまま、ライア様の胸に顔を埋める。
もし幸せに温度があるなら、きっと少し高い人肌の温もりと同じだろう。
だって、今俺は、心臓が弾けそうなほど、幸福の蜜に包まれている。
ずっと、ずっと、この人のそばにいられますように。
カーテンから差し込む朝日に照らされながら、俺はもう一度、心の中で祈りを捧げた。

この作品に対する皆様のご意見・ご感想をお待ちしております。

おハガキ・お手紙は以下の宛先にお送りください。

【宛先】

〒150-6008 東京都渋谷区恵比寿4-20-3 恵比寿ガーデンプレイスタワー 8F
（株）アルファポリス　書籍感想係

メールフォームでのご意見・ご感想は右のＱＲコードから、
あるいは以下のワードで検索をかけてください。

アルファポリス　書籍の感想　検索

ご感想はこちらから

本書は、「アルファポリス」（https://www.alphapolis.co.jp/）に掲載されていたものを、
改題、改稿、加筆のうえ、書籍化したものです。

出来損《できそこ》ないの次男《じなん》は冷酷公爵様《れいこくこうしゃくさま》に溺愛《できあい》される

栄円ろく（えいえん ろく）

2023年 9月 20日初版発行

編集－桐田千帆・森 順子
編集長－倉持真理
発行者－梶本雄介
発行所－株式会社アルファポリス
〒150-6008 東京都渋谷区恵比寿4-20-3 恵比寿ガーデンプレイスタワー8F
TEL 03-6277-1601（営業） 03-6277-1602（編集）
URL https://www.alphapolis.co.jp/
発売元－株式会社星雲社（共同出版社・流通責任出版社）
〒112-0005 東京都文京区水道1-3-30
TEL 03-3868-3275
装丁・本文イラスト－秋ら
装丁デザイン－しおざわりな（ムシカゴグラフィクス）
（レーベルフォーマットデザイン―円と球）
印刷－中央精版印刷株式会社

価格はカバーに表示されてあります。

落丁乱丁の場合はアルファポリスまでご連絡ください。

送料は小社負担でお取り替えします。


ISBN978-4-434-32619-6 C0093